La carabina de Zapata

Rolo Díez

La carabina de Zapata

Rolo Díez

Premio de literatura juvenil

Gran Angular 2004 - México

Gran Angular

CONACULTA
HACIA UN PAÍS DE LECTORES

ediciones sm

Dirección editorial: Patricia López Zepeda
Coordinación editorial: Rayo Ramírez
Editor: Rodolfo Fonseca
Diseño de portada: Carlos Palleiro

Primera edición: México, 2004

D.R. © SM de Ediciones, S.A. de C.V., 2004
Magdalena 211, Del Valle, México, D.F., 03100
Tel. (55) 1087-8400
www.ediciones-sm.com.mx

ISBN: 970-688-625-7
ISBN: 968-7791-77-2 de la colección Gran Angular
ISBN: 970-35-0649-6 Consejo Nacional para la Cultura y las Artes,
Dirección General de Publicaciones

Impreso en México / *Printed in Mexico*

Para Myriam, Yuyo, Claudia y Javier.
Para Tamara y Carl.
Para Dante, que tendrá catorce años
en un mundo distinto.

—Si no te gusta, con todo respeto, te vuelves a tu chingado país.

—No es eso. A mí me gusta México.

—¿Entonces?

—Extraño mi chingado país.

Extranjerías

MI hermano Ramiro y yo inventamos el juego de lo igual y lo diferente. Aunque pretendidamente imparciales y despojados de valoraciones, los lances se sucedían cargados de corrientes positivas y negativas, contrabandeaban adhesiones y rechazos, casi al punto de anunciar una batalla. "Sol es sol", decía yo, elector de semejanzas. "Maní es cacahuate", respondía el adicto a las diferencias. "Luna es luna", seguro este argenmex de que ganar era tan fácil como quitarle caramelos a un niño. "Palta es aguacate." "Perro es perro." "No, perro es escuincle." "No, escuincle es el perro azteca." "Bueno, fósforo es cerillo." "Gato es gato." "Tomate es jitomate." "No, porque hay tomate verde." "Ah, pero el rojo es jitomate." "Bueno, coche es coche." "No, coche es carro." "No, ésas son formas de hablar." "De eso hablamos, de las formas de hablar." "Bueno, bicicleta es bicicleta." "Vereda es banqueta." "Lluvia es lluvia." "Autobús es camión." "Tigre es tigre." "La caca es la popó." "No, taradeces no se valen." "La orina es la pipí." "Te digo que no se vale." "En el baño puedes hacer del uno o, más sólida y contundentemente, puedes hacer del dos." "Bueno, cigarro es cigarro." "No, cigarrillo es cigarro, cigarro es puro." "Bueno, pipa es pipa." "Diario es periódico." "Camino es camino." "Chocolate es chocolate." "No, eso es náhuatl." "La semana tiene ocho días." "¿?" "Te dicen ve por la derecha y señalan a la izquierda." "Ya, ¿de qué estás hablando?" "Pomelo es toronja." "Manzana es manzana." "Siempre sí es siempre no." "¿!" "Ahorita es quién sabe." "Árbol es árbol." "Quién sabe es nunca." "Flor es flor." "Bolita es canica." "Futbol es futbol." "No, fútbol es futbol." "No jodas." "No jodas es no chingues." "Córtala." "Córtala es ahí muere." "Ya hiciste un lío." "Lío es desmadre." Dueño y servidor de la venganza del forastero, Ramiro elegía convertirse en el pato que le dispara a las escopetas. No era él sino el resto del mundo quien hablaba distinto. Ultimadamente, había formas peores de perder el tiempo.

—¡No lo vas a creer! —mi hermano simuló cambiar de tema—. El otro viernes invité a Lupita a ir al cine. Ella iba a estar fuera una semana y me dijo: "Nos vemos de hoy en ocho." Uno por uno conté los días y el sábado pasado la llamé por teléfono. La encontré furiosa. "¡Me dejaste plantada!", dijo. "Te esperé ayer toda la tarde." "¡Cómo ayer!" "Sí, ayer. Quedamos para ayer." "¡No, señor. Quedamos para hoy!", respondí enojado. Mucho más enojada, ella insistió: "¡Para ayer, y a mí no me digas señor!" Después de discutir diez minutos me enteré de que para ella "de hoy en ocho" quería decir dentro de una semana. No hubo forma de hacerle entender que la semana tiene siete días, y que viernes más ocho quiere decir el segundo sábado. "¡No, señor! Quiere decir el próximo viernes", dijo y colgó.

Hice la pregunta lógica:

—¿Por qué no se hablaron el viernes, para confirmar?

— . . .

Lógica cero; humanos uno.

—¿Qué vas a hacer?

—No sé. Mi máscara antigás *made in Lagunilla* está desactivada, y no puedo salir a la calle a convertirme en la primera víctima mortal del esmog.

—Bájale a la exageración. Mejor le llamas a Lupita y le

explicas que hubo una confusión. Dile que nadie te gusta como ella. Invítala otra vez.

—No sé si me gusta Lupita. No me gusta ninguna mexicana. Pienso hacerme monje.

—¿Quieres ver un partido de futbol?

—Acá no saben jugar. Son unos pataduras.

—Bueno, ¿qué quieres hacer?

—En primer lugar, quiero que dejés de hablar en mexicano; en segundo, quiero volver a mi país.

También yo extrañaba Argentina, pero lo de Ramiro era una peligrosa mezcla de manía con desesperación. Nuestro exilio tomaba en él forma de automático rechazo contra todo lo mexicano. No porque fuera mexicano: si estuviéramos en Rusia odiaría los osos, el vodka y el ballet Bolshoi, y si nuestro destino hubiera sido Inglaterra abominaría de Támesis y de la reina madre.

Todo cambió para nosotros cuando Argentina fue secuestrada por los militares. El golpe de Estado de 1976 instaló a una banda de asesinos en el poder, y todo cambió en nuestro país, para todos.

Vivíamos en General Viamonte —mis padres y hermanos, los perros y gatos de turno, mis amigos y enemigos, mis conocidos y mis amores—, una mancha de asfalto en el campo y un pueblo al que dos veces por año, devuelto de sus correrías por América, cargado de conjuros contra el aburrimiento, llegaba el aventurero de la familia, mi tío Rafael.

Tan optimista frente al futuro como inconforme de cara a la realidad, anarquista y bolivariano, la filiación del Ciego Rafael a una patria única —desde Tierra del Fuego hasta el río Bravo— le permitía ir y venir por los países sin pedir permiso, contrabandear en las fronteras, participar en intentos revolucionarios y meterse en líos en todas partes.

Para el poeta Pedrini, periodista, historiador y oráculo de General Viamonte, especialista en frases raras y agudo conocedor de sus vecinos, detrás de los dos centímetros de espesor de sus lentes y pese a ser el hombre con peor vista en todo el pueblo, Rafael veía más cosas que los demás.

Nuestra última historia nos había enfrentado con los malvados del lugar: el funebrero Zaldívar, quien rehusaba pagarle al Ciego un dinero que mi tío le ganó jugando al monte, y a su protector, el subcomisario Santi.

La aventura terminó bien para mi tío, quien cobró su deuda, y catastróficamente para mí, ya que perdí el amor de Mariana Zaldívar, la escultural ninfa de las pompas fúnebres. Por fortuna, Norma Glisanti la reemplazó en mi corazón, aunque desgraciadamente, nuestra relación naufragó en incompatibles proyectos de futuro. Norma Glisanti quería verme recibido de médico y opinaba que debíamos empezar a preparar nuestra boda. Yo, en cambio, pensaba en ser poeta maldito y mosquetero y detective privado y azote de los mares y algunas otras profesiones de las practicadas por los héroes de mi fantasía, y aunque dispuesto a casarme con Norma Glisanti, consideraba que a los trece años no debía sentir apuro por convertirme en jefe de familia. Eso sin mencionar que gracias a la sabiduría del pueblo estaba enterado de que para cada varón hay siete bellezas en el mundo, y que mi amor por Norma competía con la devoción a Claudia Cardinale y otras estrellas de la pantalla, asunto que me obligaba a ser muy cuidadoso antes de comprometerme con una de ellas.

Los uniformados declararon la guerra contra la subversión, hecho lo cual se dedicaron a matar y desaparecer a toda persona que no estuviera de acuerdo con ellos. Para cumplir sus designios recurrieron a lo peor del género humano —nazis pampeanos, mercenarios, pistoleros sacados de las cárceles y psicópatas extraídos del manicomio—, y sometieron a sistemáticos lavados de cerebro a su propia tropa, para inducirles el pensamiento de que el oponente "bueno" era el encarcelado, y más bueno aún era el "chupado", torturado, muerto y desaparecido. En General Viamonte les fue bien, porque el comisario Espíndola, un hombre tranquilo que nunca metía preso a nadie, renunció y se fue a vivir al campo, y los nazis contaron con la entusiasta colaboración del nuevo comisario —el detestable Colorado Santi— para perseguir a los subversivos.

Ni buscándolo con lupa hubiera sido posible encontrar un guerrillero en el pueblo, sin embargo, Santi quería hacer méritos. Pensó y pensó y terminó por pensar que mi tío era el personaje más subversivo conocido en General Viamonte. Para Santi, tal calidad demostraba las actividades clandestinas del Ciego Rafael. "Al servicio del comunismo apátrida y su inmundo trapo rojo", frase que en General Viamonte no significaba nada, pero coincidía con los discursos militares. Apenas hubo establecido a quien debía perseguir, Santi mandó imprimir carteles donde aparecía el Ciego, caracterizado como "Enemigo público número 1 de la Provincia de Buenos Aires", con la captura recomendada y una leyenda de "Se recompensará a quien lo entregue, vivo o muerto."

Rafael llevaba tres meses de vagabundear por Brasil, y no debe haber conocido su indeseada fama. El pueblo tuvo una carcajada general para la estupidez del nuevo comisario. Al principio. Más tarde Santi se dedicó a perseguir a otros "subversivos", y decidió que la familia de su enemigo principal también debía ser considerada enemiga. Si no podía encarcelar al Ciego, al menos disponía de nosotros.

Cuando mi padre fue citado por tercera vez a declarar, y después de que Santi me paró varias veces en la calle para amenazarme con largos años de prisión si no confesaba el paradero de Rafael, además de las instrucciones que seguramente me había dejado para continuar sus fechorías, la familia decidió emigrar.

Ramiro propuso Colorado y Australia, por el gran cañón y los canguros; yo propuse Italia, por Claudia Cardinale; pero mis padres no querían dejar el sol del tercer mundo. "En México hay trabajo y reciben bien a los perseguidos políticos. Allí podemos colaborar en tareas educativas."

Pronto estuve conforme. Con Rafael habíamos platicado sobre México. "Un día vas a ir —me decía— y verás Teotihuacán, Palenque, Chichén Itzá... las espléndidas ciudades prehispánicas. Comprenderás el error de hablar de la conquista de una tierra bárbara hecha por pueblos civilizados." Pensé que mientras estuviéramos en América Latina, existiría la posibilidad de un reencuentro con mi tío. Quizá partiendo de El Dorado o de la isla de La Tortuga, hasta le sería más fácil llegar a suelo azteca que regresar a General Viamonte. Aparte de que, sin duda, sería una elección más saludable.

En cuanto al menor de la familia, Pepe, se entusiasmó con la idea de un gran viaje. Desde que tuvo capacidad ambulatoria, practicó con entusiasmo las fugas, y la prevista sería la mayor de su vida.

Y como mucha gente huía de Argentina, y como Norma Glisanti insistía en preguntar cuánto tenía ahorrado para la boda, tres días antes de cumplir catorce años viajamos a Buenos Aires, y dos días después nos trepamos a un avión, rumbo a México.

El combate de la panadería

—Si se meten contigo, se meten conmigo.

Los ojos verde amarillos del Lagarto Benavídez mostraron la solidaridad total de los catorce años.

—Lo mismo digo, colega. Gracias —respondí, parco por fuera y algo menos por dentro.

El Lagarto fue mi primer amigo en México. Apenas conoció mi condición de inmigrado, prófugo de la dictadura militar argentina, se puso "A tus órdenes, para lo que necesites y gustes. Debemos ayudarnos entre nosotros."

Pensé que "nosotros" seríamos los alumnos de segundo de secundaria, y me alegró tener compañía en una situación nueva y cargada de responsabilidades. Ingresaba yo a las excitantes complicaciones de la juventud, y aunque convencido de ganar con los cambios, también los temía. Rico en dudas y especialista en sentimientos encontrados, tanto quería afeitar un bigote inexistente cuanto sentirme irresponsable y protegido. Conflicto va, promesa viene, dividido entre expectativas y nostalgias, crecía. Hacia delante se alzaban los duros privilegios de conquistar mujeres, fumar y beber alcohol. Y aunque las mujeres exigían los doce trabajos de Hércules, el tabaco tenía gusto a cáncer y el alcohol desintegraba las entrañas, eran signos de mayoría y con el tiempo "tendrían" que gustarme. Después —según pasaran los años—, sería necesario ir a la universidad, trabajar, casarse, entrar al poderoso y domesticado territorio de la edad madura, recorrer el planeta, hacer fortuna, tener hijos y nietos y más tarde, caminar despacio por el baldío de los viejos, hasta cumplir cien años y pasar al enigmático mundo de la muerte. No era poca cosa, y a mí me tocaba enfrentarla lejos de casa. Definitivamente, sería bueno tener un compañero.

—Si se meten contigo, se meten conmigo.

Las palabras del Lagarto fueron puestas a prueba por los hermanos Rodríguez. Dos sujetos de nuestra talla, pero con edades mentales más propias de un oso de peluche, quienes parecían estar de guardia veinticuatro horas por día en la puerta de su domicilio, junto a la panadería de Cuernavaca y Montes de Oca, muy ocupados en hacer nada y pensar nada, y que cuando yo salía con mis bolillos y panes dulces vomitaban sobre la fraternidad entre los seres humanos y el derecho de asilo en México.

—Ahí va el del pan, con la bolsita.

—La colonia se llena de mandilones.

—Ahora debe ir a barrer la banqueta.

—Hay gatos que parecen gatas.

Precoces maestros de la oblicuidad, los Rodríguez no agredían directamente. Lo suyo era un murmullo impersonal dirigido a un destinatario falsamente impreciso, como si fuera la voz del viento y hablara del suelo, de los árboles y de las paredes. Un eco sancionador que parecía llegar de todas partes sin hacerlo de ninguna. Provocaban con trampa, porque si uno quería bronca con ellos primero debía aceptar que "podía" ser el mandilón mencionado, que su momentánea circunstancia, consistente en salir de la panadería y cargar los productos comprados en el único recipiente posible, también "podían" ser categorías más generales, quizá permanentes, que lo condenarían de aquí a la eternidad a ser definido, conocido y execrado como el mandilón del pan con su bolsita.

Novedoso en la forma, el asunto resultaba conocido. También General Viamonte desconfiaba de los extranjeros y, pese a su naturaleza hospitalaria, antes de admitirlos solía oficiarles severas pruebas de admisión. Ningún problema con el tano Villa, el gallego Fernández, el vasco Goiri, el ruso Adler o el turco Amado. Sus iniciaciones excedían nuestras edades y se habrían resuelto en la mañana de los tiempos. La cuestión eran los nuevos. Cada fulano recién desembarcado. Nuestra estatua de la libertad vigilaba sus méritos y defectos, celosamente registraba datos a favor y en contra. Un ejemplo fue el caso de Polo Manella —chacarero en nuestra esquina—, quien a pesar del tremendo argumento a su favor llamado Nelly Manella, las pasó mucho más duras que maduras.

Nelly tenía mi edad, entró en el cuarto grado que yo cursaba, era la más bella criatura de la Tierra y se adornaba con una cualidad que ni jamás ni nunca he vuelto a encontrar en otra mujer: sin mercenarismo ni enamoramiento ni nada personal de por medio, se dejaba querer. En homenaje al amor, se dejaba besar. Erótica ninfa de diez años, en horas libres en las que no teníamos maestra, escondía la cara entre sus brazos y el pupitre y permitía que los fieles y osados varones convocados por su culto besáramos zonas astutamente no tapadas. Parte de la frente, los cabellos, las orejas, el cuello, a veces las manos protectoras, eventualmente una mejilla descubierta... No sé cómo empezó ese juego de volvernos mayores antes de lo previsto. No sé quién dio el primer beso, que en ese salón únicamente podía generar escándalo. La maestra andaba por ahí, tomando mate y comiendo medialunas con la directora. Mariana Zaldívar, quien aún no se había convertido en el amor de mi vida y por ese tiempo mostraba una seriedad tal vez heredada de los oficios de su padre, el funebrero Zaldívar, trabajaba de celadora *ad honorem*. Con una letra prolija y redondeada como sus impecables trenzas —y que pronto sería tan redonda como sus insurgentes pechos—, anotaba en el pizarrón la lista de infractores al buen comportamiento; agregaba cruces junto al nombre de los reincidentes, para indicar así la existencia de condenas acumulativas; borraba del registro a los canallas arrepentidos, quienes alcanzaban clemencia tras X minutos de brazos cruzados, inmovilidad, mutismo y piadosas miradas de nazareno; los anotaba de nuevo si recaían y —privilegio de diosas y botonas—,[1] hacía desaparecer la lista completa cuando la hora libre terminaba. Las niñas fingían demencia, intentaban comportarse con naturalidad y desconocer el alud de protagonismo que las declaraba inexistentes. ¡Pero cómo!, si junto a ellas Nelly Manella se dejaba besar por los varones. En lo que me toca, creo haber sido uno de los más entusiastas besadores. Tan dócil como protagonista frente al hecho mágico, disfrutaba de la fiesta. El mundo y yo ganábamos en solidez, el mañana salía de las brumas y el amor dejaba de ser un cuento para mejorar el día. Al abrigo de sus anchas alamedas, robusto y audaz, Adán al borde de una esquina del Paraíso, nacía de nuevo. "Era" de otra manera. A golpes de horas libres y con tamaños cambios en las rutinas, además de tórridos veranos de la sangre, conocí las penurias de los enamorados y me arrimé a las arbitrariedades de las dulces oponentes: en los recreos y a la salida de clases Nelly se iba con sus amigas, no aceptaba la cercanía de un varón ni volvía a mirarnos hasta la próxima hora libre. Ante nosotros estaba la esfinge, el misterio femenino en estado puro.

Pese a ser hermano menor de Nelly, y más allá de su pertenencia a la única nobleza verdadera del pueblo, la de propietarios de tierras en el campo, insertado en un barrio democrático y fundamentalista, Polo empezó mal. Le faltó humildad para integrarse correctamente a la barra de la

---

[1] Botonas: policías. (N. del E.)

esquina. Empezó a hablar de "su" campo y se ganó el repudio del conjunto. Fue aislado, burlado y educativamente patoteado.[2] La situación se agravó con la aparición de su padre, un tipo que desayunaba ortigas y dormía con gallos de riña, tan atractivo proyecto de suegro como el funebrero Zaldívar, quien, esgrimiendo una bolsa de arpillera, amenazó al grupo con repartir bolsazos entre quienes osaran molestar a su vástago. Definitivamente, la situación se agravó para Polo, porque nosotros nos limitamos a salir del ámbito del iracundo gringo Manella, pero nuestras caracterizaciones sobre Manella junior ganaron en rigidez y falta de clemencia. Que un grandulón se metiera con los chicos para defender a otro chico, en General Viamonte decía mucho, tanto del ridículo adulto como del mariquita sin calzones de su hijo. Con el tiempo y ablandados por su mendicidad, por una pelota de futbol número cinco y por el dulce flequillo de Nelly, toleramos a Polo —nuestra estatua de la libertad se hartaba pronto de sus actividades policiacas—, pero antes pagó con semanas de confinamiento en el umbral de su puerta.

Otro caso memorable fue el que nos confrontó a Seco y a mí con el zapatero don Nipote. Vecino mío, tono parlante en un truculento cocoliche,[3] también don Nipote fue víctima del duende burlón de General Viamonte, al que —cosas que pasan—, a mí y a Seco nos tocó expresar. Dado que don Nipote, aparte de negarse a componer los pedazos de zapatos que contadas veces le ofrecíamos, hablaba raro, Seco y yo decidimos darle batalla en su propio terreno, y para ello —cultura contra cultura—, usamos un tango. En una de sus escépticas estrofas, instalada entre un perdedor y un mostrador, la canción consagraba el fatal matrimonio del infortunio

[2] Patotear: intimidar. (N. del E.)
[3] Mezcolanza de italiano y español. (N. del E.)

21

con el alcohol: Si la vida no vale ni medio,/ no sirve pa'nada,/ ¡repita, patrón!/... Con la puerta siempre abierta, don Nipote trabajaba en un pequeño cuarto que daba a la calle. Frente a esa puerta nos instalábamos Seco y yo, y a voz en cuello y muertos de risa, entonábamos: "Si la davi no leva ni diome,/ no versi pa'dana,/ ¡tarrepí trompa!" Sin entender las palabras, don Nipote entendía su intención. El segundo acto le pertenecía: un remolino de martillo de zapatero sobre su redondo cráneo pelado, una catarata de maldiciones en lenguaje incomprensible y nuestra muy comprensible fuga, a la carrera y lejos de su ira. Una hora después reaparecíamos y el tercer acto era nuestro: "Si la davi no leva ni diome,/ no versi pa'dana,/ ¡tarrepí trompa!"

Por ser localistas y exclusivos, lo éramos hasta con los barrios. Y así como ningún habitante de La Estación podía sentirse tranquilo en La Blanqueada, tampoco los subhabitantes de La Blanqueada debían esperar impunidad en nuestras calles. Para entrar en tierra extraña convenía reclutar a un nativo, acompañar al manco Lega o al cortito Vinuesa, mostrarse amistoso e inofensivo como conjuro contra los recelos generados por nuestra presencia, en lo posible llevar un cucurucho de maníes y repartirlo entre los lugareños, y comportarnos de una manera tan diplomática y cargada de hermandad como para obtener "por esa vez" el permiso de transitar libremente y regresar sanos y salvos a la *terra nostra*.

Las variantes más intensas se apoyaban en la audacia. En ocasiones nosotros (o ellos) emprendíamos (emprendían) fulminantes incursiones en zonas ocupadas, y un grupo de cinco expedicionarios en bicicleta recorría durante diez o quince minutos las posiciones enemigas. Tácticos natos, apoyábamos (apoyaban) el éxito de la misión en la sorpresa. No era fácil que un barrio tuviera ya organizados y en pie de guerra a diez elementos listos para bajar a cascotazos a los intrusos.

Dos ideas principales guiaban a nuestra patrulla de ciclistas. La primera consistía en repetir el rapto de las once mil vírgenes, quitarles sus mujeres a los inútiles de La Blanqueada, ofrecer a las pobres muchachas de ese gueto una opción mejor que la de pasear por el barrio junto a unos petizos subnormales; la segunda era ocupar las calles, desfilar como ejército invasor y retirarnos sin bajas, darles un aviso y un comienzo de lección a esos paralíticos mentales.

En el caso de los analfabetos de La Blanqueada, todo era distinto. Llegaban con traición y alevosía, cuando nos hallábamos en nuestras casas y desarmados. Manejaban estúpidamente sus bicicletas con las manos en los bolsillos, en patético intento de impresionar a nuestras fieles mujeres, y apenas se quedaban diez o quince minutos, después se acobardaban y huían como ratas.

Lo mismo, aunque peor, pasaba cuando nos internábamos en el temible mundo de atrás de la estación. Allí era territorio apache, reinaba el odio de clases y cualquier varón procedente del asfalto (ninguna mujer incurriría en semejante disparate), debía esperar miradas como cuchillos y temer agresiones verbales y físicas en cantidad y calidad demoledoras, tal vez nubes de flechas empapadas en curare, o una reducción gratis de nuestro cráneo al tamaño de una manzana. Cierto es que varias veces incursionamos por la reserva sin recoger más que indiferencia y a veces hasta muestras de amistad de algún nativo despistado. Pero la leyenda era inamovible y ella dictaba que quien se metiera en esa tierra sólo contaba con boleto de ida.

De modo que para entender a los Rodríguez ni siquiera necesitaba las historias del Ciego Rafael sobre la pena capital que, en antiguos lugares, castigaba el delito de extranjería. Como decía mi padre, yo "conocía el paño".

—Si se meten contigo, se meten conmigo. La próxima vez vamos juntos y les partimos la madre.

—La verdad, preferiría una solución amistosa. Soy nuevo aquí; dejé mi país para salvar la vida y no me urge tener enemigos mexicanos.

—Nada, nada. Si ofenden a un amigo, me ofenden a mí.

—Quizá lo hacen por jugar, tal vez sin mala intención.

—¿Te das cuenta, Che? Esos hijos de la retiznada me agreden gratuitamente. ¡A mí! ¡Pero no se la van a acabar! ¡No saben quién es el hijo de Rogelio Benavídez!

El Lagarto Benavídez era hijo de un emigrante ilegal, de los muchos que van a juntar dólares en Estados Unidos y de los demasiados que tienen mala suerte. Apenas pisó la alta California, el grupo fue descubierto por la *Border Patrol*. Policías y *polleros* sacaron armas y empezó un tiroteo. Uno de los muertos fue Rogelio Benavídez.

Cuando el Lagarto hablaba de su padre, lo incluía en el libro de los héroes. "California era nuestra hasta 1847", decía. "Los gringos primero nos quitan la tierra y después matan a los mexicanos que llegan a esa tierra." Era difícil alegar que hablaba de hechos ocurridos un siglo y medio atrás. "La riqueza de California —¡la sexta economía del mundo!, por si no lo sabes— y el petróleo de Texas. Todo eso era nuestro", insistía el Lagarto y... ¿qué iba a decirle uno?... ¿que en General Viamonte los gringos eran italianos y amistosos?...

Benavídez fue uno de mis primeros guías en la jungla del Distrito Federal. Llegar de un pueblo de cinco mil almas —incluyendo dos o tres desalmados miembros de la comunidad—, y sumergirse en un caos interminable, en algo se parecía al regreso de lord Greystoke a Londres, décadas después de ser Tarzán en tierras africanas.

Fuimos a la panadería y ahí estaban los Rodríguez, de guardia en la puerta de su casa, con unas paletas dulces colgándoles del hocico, aplicados a la observación sarcástica del universo.

Cuando salimos, como en un tango y como en una tragedia, lo que ya estaba escrito se habló:

—Volvió el del pan, con la bolsita.

—La nenita se hizo acompañar por una amiguita.

La ira de Dios cayó sobre ellos, y lo hizo en forma de rabioso Lagarto. El trío se convirtió en un remolino de doce extremidades que despedían puñetazos, coces, mordiscos y garrazos. Dejé el pan junto a un árbol y me sumé al desorden general. Las extremidades en danza subieron a dieciséis. El Lagarto le dio a Borondongo, Borondongo le dio a Bernabé,[4] Bernabé me dio dos a mí y recibió tres. El boxeo desapareció. De pronto todo era lucha libre. Benavídez retorció una oreja, Rodríguez uno manoteó un mechón de pelos, Rodríguez dos intentaba morder una nariz, el del pan lanzó un piquete de ojos. Tres minutos dentro de una licuadora y de repente algo pasó, algo que hablaba de una máquina de guerra sin combustible, de convicciones inexistentes y de ausencia de verdaderos motivos para el combate. Algo como la inyección en nuestras venas de un virus pacifista, que nos convirtió en reflexivos y jadeantes espectadores. De tal modo anudados nuestros cuerpos y nuestras dieciséis extremidades, que ni podíamos movernos ni se veía posible que alguna vez volviéramos a hacerlo.

—¡Para que sepan quiénes son sus padres! —resolló el Lagarto.

—La amiguita sabe hablar.

—¡No se la van a acabar, cabrones! —uno de los Rodríguez extravió su libreto.

---

[4] De una canción caribeña que narra una pelea: "Songo le dio a Borondongo, Borondongo le dio a Bernabé, Bernabé le pegó a Muchilanga…" (N. del E.)

—¡Boludos, pelotudos, para qué se hacen fajar de gusto. Son unos pobres chingones![5]

—¿Que qué?

—¡Cómo chingones, tarado! —dijo el Lagarto, mirándome como si estuviera por cambiarse de bando.

—¡Hijos de la chingona! —les asesté el más terrible de los insultos y, para mi sorpresa, uno de los Rodríguez comenzó a reír, el otro rió más fuerte, y el que más fuerte reía era el Lagarto.

—¡Chingones! ¡Hijos de la chingona! —insistí, y el aquelarre fue total. El cuádruple bulto humano rodó por el piso en un tumulto de carcajadas, en lamentos nacidos en costillas doloridas, tanto por el revolcón universal cuanto por las explosiones internas con que tres risas histéricas las agredían, y también, en el tremendo desconcierto con que una parte del bulto asumía los avatares de esa batalla de payasos.

Afortunadamente todo tiene fin en esta vida, hasta las buenas y malas intenciones de los extranjeros anfitriones —la experiencia demuestra que no es fácil saber cuáles serán peores y cuáles mejores—, el caso es que de a poco logramos desanudarnos, y ya totalmente olvidados de que estábamos ahí para masacrarnos como Dios manda, optamos por un "alto el fuego" y aceptamos haber pasado del circo romano al *Sarrasani*.

Tres de los presentes proponían acertijos y el cuarto respondía:

—¿Chingamadral?

—Te chingoneo a madrazos y me tomo un sidral.

—¿Chingaquedito?

—Si te quedás te chingo despacito.

---

[5]Confusión de "chingados", que es peyorativo, con "chingones", que denota calidad. (N. del E.)

—¿Chingadera?

—Chingada en la regadera.

Ninguna gracia en los diálogos. Sin embargo, no se trataba de mejorar a Oscar Wilde ni a Cantinflas, sino y exclusivamente, de aceptar la tentación de la risa y celebrarla.

—¿El más chingón de la pradera?

—Te chingará en la primavera.

—¿Chilango?

—Mezcla de chile y mango.

—¿El mero chipocludo?

—Te chinga bajo el felpudo.

—¿Chingargentino?

—Mejor te vas por otro camino.

Y como uno no puede elegir a su público, ocurrió que de las estrepitosas carcajadas se pasó a moderadas risas, más tarde a esforzadas simulaciones y finalmente a muecas de compromiso. Hora de bajar el telón. Milagrosamente la bolsa del pan había resistido nuestros desafueros, por lo que no habría conflictos en mi cantón.

Nos presentamos formalmente, como cabe entre caballeros que superando desencuentros se han reconciliado, aseguramos amistad eterna, "Mi casa es su casa", etcétera, nos dimos un apretón de manos y a otra cosa, mariposa.

La próxima vez que fui a la panadería encontré a los Rodríguez en su lugar. Me detuve, los saludé y platicamos cinco minutos de nada y de cualquier asunto. "Me esperan los bolillos", dije al despedirme.

Cuando salí, seguían en su sitio. Al irme, los escuché:

—Se va el chingón del pan...

—Con su bolsita.

Extranjerías II

YA sé qué es la patria. Es el choripán con chimichurri, la zamba que nos hace bailar Pocha Pérez en las fiestas escolares, las luces de la Vía Láctea sobre mi cabeza, es la "vuelta del perro" en la plaza Bernardino Rivadavia de General Viamonte, donde vamos a buscar novia hasta en los anocheceres congelados de julio. La patria son mis amigos Seco y el Bolita, es el dulce de leche, la revista Patoruzito, son las trenzas de Mariana Zaldívar y el perfume de Norma Glisanti. Patria son los girasoles donde nace el sol y el trigo donde el sol se pone, y es el carnaval del pueblo, y las epopeyas futboleras contra el barrio de La Blanqueada, y el invencible álamo carolina por cuyas ramas se llega al cielo (aunque ningún trepador de árboles de General Viamonte mereció esa gloria). Patria son las fogatas que incendian la noche de San Juan y San Pedro, y los pecadores tapiales donde oficia el lobo de General Viamonte, y es el mate con facturas a las cuatro de la tarde y hasta es la gorda Lizárraga duchándose en el baño de la pileta del Club Social y Deportivo, mientras una banda de forajidos nos turnamos para espiar por la cerradura. La patria es ese lugar donde uno se encuentra mejor que en otras partes, porque es el sitio donde las cosas tienen olor y sabor a la familia.

Salir de casa es bueno y sirve para sacarse lagañas de los ojos y barrer telarañas del cerebro. Afuera hay un planeta.

Continentes, océanos, pirámides, máscaras, tianguis, nuevas geografías, bailes, comidas, formas de hablar, semanas de ocho días, ríos, bosques, montañas, volcanes, serpientes emplumadas, Marcela... Un globo terráqueo completo. (Y alabada sea la fuente de esos dones.) Aunque, pero y sin embargo, tierra hermana no es lo mismo que mi tierra. Y acá es igual. Los argentinos venimos a México para evitar que nos pasen por la máquina de picar carne, culpables de vínculos de sangre con el Ciego Rafael y de preferir los gobiernos elegidos por el pueblo, y los mexicanos pobres se van a Estados Unidos a buscar un dinero que aquí no consiguen y hacer la lucha para vivir mejor.

La verdad es que la paso bien en México. Otra verdad es que quisiera estar en Argentina. Extraño mi esquina y mis amigos; disfruto al ver una lagartija entre las coloridas bugambilias. Todo se mezcla y no estoy seguro de nada.

Hablé con mis padres del tema y conseguí un discurso a dos voces, más o menos así: todos somos inmigrantes. Entre el invento de ayer y la masacre de mañana, la historia de la humanidad es también un recuento de las migraciones. Un abuelo tuyo fue español, un bisabuelo fue inglés. Ninguno de ellos salió cantando de su tierra. Ni modo. También nosotros quisiéramos estar en nuestro país, pero más queremos estar vivos. Lo importante para quien emigra es sumar cosas nuevas sin restar las anteriores.

Para conformarme pienso en una fuente de carnitas y barbacoa, pienso excavar el fondo de la casa y encontrar el tesoro de Cuauhtémoc, pienso en los ojos café claro de Marcela, en su boca de azúcar, en la sonrisa que derrite los metales y en la suerte que he tenido al haber sido desterrado justo al lugar donde se encuentra la más hermosa mujer de la Tierra.

reumáticas de los viejos crujen y cuando se le antoja y, a veces suave y de a ratos torrencial, puede quedarse media hora o una semana. Sus golpes son tambores sobre plásticos y chapas, y chorreadas cortinas en las ventanas. Lejos de casa hay ríos desbordados y familias trepadas a los techos, mientras las aguas turbias se llevan sus gallinas y sus camas. También, muy importante, si su violencia coincide con el horario de ingreso a clases, aporta sólidos motivos para faltar a la escuela. A pesar de que el tema suele ser abundantemente discutido con una madre dispuesta a sacrificar a sus hijos en el templo del saber y en homenaje a la tranquilidad hogareña, nuestros argumentos son poderosos. Ante todo, los chavos de General Viamonte no tenemos paraguas —práctica decisión de los adultos, ya que si los tuviéramos los usaríamos para inventar el paracaídas y arrojarnos desde un techo, de poca altura porque tampoco comemos vidrios, o los convertiríamos en espadas y lanzas de combates, imaginarios primero y verdaderos después, al calor de una puesta en escena realista, con lo que es de imaginarse que el promedio de duración de nuestros paraguas andaría por las dos o tres horas de uso. Si a eso le sumamos la perspectiva de pescarnos un resfrío, o peor todavía, una gripe con su fiebre y su doctor y sus remedios... En fin, que analizados pros y contras por nuestra madre, no era raro que hasta soportarnos toda la mañana en casa pudiera ser estimado un mal menor. Nada de ello impedía que apenas los ríos del cielo se convertían en arroyos, ya estuviéramos listos para salir a organizar carreras de botecitos en las aguas que, rumbo a las rejillas del desagüe, corrían junto al cordón de la vereda o, en ocasiones apoteósicas, cuando dejaba de llover después de hacerlo un día entero, decidiéramos jugar en la esquina de la carnicería, donde altas veredas y agua estacionada formaban un lago a nuestra medida, óptimo para pescadores de pantalones cortos. Así es el mal tiempo en General Viamonte: estampas de apocalipsis y diluvio, una ópera que empieza y termina en cualquier momento.

Aquí es distinto. La lluvia está programada. Medio año llueve, no agua bendita sino lluvia ácida —un destilado de los alquimistas encargados de administrar plagas sobre el mundo, que deja calvos a los hombres y los prepara para un futuro de mutantes—; en algunas orillas del Distrito Federal hay gente sobre los techos mirando nadar sus camas y gallinas. En la otra mitad del año se secan los mares, los patos se van del lago de Texcoco, más de cuatro colonias de la ciudad se quedan sin agua y los árboles resisten el humo de mil millones de automóviles. En lo que me toca, debo admitir que pasé un mes convencido de que en México todavía no se inventaba la lluvia. Pero llegó mayo y todo cambió: ahora llueve a diario, de dieciséis a dieciocho horas toca chubasco tropical, menos denso que en el sur, recio, cortito como patada de chancho.

Mi reloj indicaba las cuatro y media, eso significaba que tendríamos agua por un rato. Me hallaba en la puerta del supermercado con la botella de aceite, el kilo de harina y los huevos necesarios para que mamá hiciera las tortas fritas que nuestra nostálgica relación con la lluvia llevaba una semana de peticiones, programación y exigencias de ya mero y para ya.

Un ángel apareció a mi lado y las tortas fritas desaparecieron. Era un poco más alta que yo, algo mayor que yo, de unos veinte o veinticinco años (insignificantes puertos donde los barcos del corazón no se detienen). Su boca era roja como el lápiz labial que la cubría; sus cabellos, una manada de cabritos (leí la imagen en *El Cantar de los Cantares*, no es usual pero si la Biblia lo dice...), sus ojos eran a la vez tiernos y pícaros, su piel había nacido para el beso, sus pechos —elásticos puñales— hirieron el centro de mi pecho, sus labios se abrieron y el ángel habló:

—¡Chin, cómo llueve!

—Sí, ¿no?... —respondí con mi maldita boca seca.

—¿Y ahora cómo haré para llegar a mi casa? —sus blanquísimos dientes me ofrecieron una sonrisa de esas que pueden ablandar las piernas de un corredor de maratón.

Bien. Llega la hora de unas aclararaciones. Un pibe de
General Viamonte no tiene paraguas ni puede usar el de su
madre so pena de ser lapidado por escandalizar a la comunidad (masculina y femenina), pero a un joven del DF —catorce años bien cumplidos, camino de los veinte—, esos problemas le hacen los mandados. Puede usar tranquilamente el
paraguas materno sin que nadie le ofrezca una mirada. Muy
distinto es un pueblo donde todo el mundo juzga y condena
a todo el mundo, de una megalópolis con tantos tipos raros
que no hay tiempo para fijarse en uno de ellos. Dicho de otra
manera: yo enarbolaba en mi mano izquierda el —florea-
do, color turquesa— paraguas de mi madre. Y como algo,
también mucho, he aprendido por necesidad a interpretar
los discursos femeninos, sin el menor sonrojo en la piel, con
voz firme respondí:

—Yo tengo un paraguas.

Ella pulsó el arpa de su risa.

—Ya lo vi —dijo y añadió—. ¿Para dónde vas?

—Para Atlixco, pasando Campeche.

—Qué lástima —la mirada del ángel atravesó mis pupilas y llegó al comando cerebral donde se toman las audaces
decisiones—. Yo voy para la Roma. Ahí nomás, después de
Insurgentes —y añadió— si fueras por ese rumbo, podríamos ir juntos.

—También voy por ahí —respondí.

—¿Tienes tu casa chica? —se divirtió ella.

Yo iba donde fuera su sonrisa, mi camino era el de sus ojos
pícaros, mis pasos peregrinarían detrás de su perfume.

—Voy a visitar a mi tía, que vive por ese rumbo.

—¿Ah, sí?, ¿dónde?

¿Dónde? ¿Dónde?

—Cerca del Centro Médico.

Ella rió más. Yo la hacía feliz. Eso era evidente.

—Pero eso está muy lejos.

—Me gusta caminar.

Sí, los milagros existen, especialmente cuando alguien trabaja para producirlos. La lluvia había cedido y ya era posible que una pareja de enamorados, al amparo de un íntimo dosel, se aventurara bajo su rumor acariciante. Turquesa, de mujer, ¿qué importaba? Abrí el paraguas. El ángel me echó un chorro de perfume, mostró los blanquísimos dientes.

—¿Se lo robaste a tu hermana?

Tentado estuve de salir a toda máquina para Atlixco y dejarla a merced de la furia de los elementos. ¿Esa vieja me estaba cotorreando o qué le pasaba?

—Es de mi mamá —mortalmente serio yo, a punto de una ruptura de relaciones diplomáticas.

Debe haberse dado cuenta, algo le habrá avisado del peligro de perderme para siempre, porque me miró más tiernamente, dijo "es broma, no te enojes", y, ¡se colgó de mi brazo!

—Vamos —dijo, y nos fuimos.

Al parecer multiplicadas por la lluvia, tal vez histéricas por la urgencia de llegar a sus cavernas de chatarra, las bestias metálicas atronaban con sus claxons, enfurecían sus ojos amarillos y apuntaban sus ruedas a los charcos decididas a empapar a los peatones. Pero mi brazo iba en el brazo del ángel. Con su cabello acariciándome la cara, su voz erizándome la piel, intoxicado por los perfumes del edén, caminé o levité mientras deseaba una sola cosa: que el tiempo se detuviera y la vida fuera siempre así, que no llegáramos nunca a ninguna parte.

Pese a mis deseos, pronto estaríamos en su casa: azul y blanca, de dos plantas, con un florido jardín al frente y,

¡horror!, envuelta en llamas. Un rayo, probablemente. La mezcla de agua con electricidad es letal y lo mismo calcina un ombú pampeano que una torre de cien pisos en la mayor metrópolis del mundo. El ángel temblaría contra mi cuerpo, para señalar hacia arriba y sollozar: "¡Mi querida perrita!" Asomada su cabeza por una ventana, vi un indefenso animalito blanco. Entré tumbando las puertas que obstruían mi paso. Eludí pavorosas lenguas de fuego cuyo calor me achicharraba, tosí al borde de la asfixia entre azufradas nubes de humo y llegué hasta la pequeña mascota. La cubrí con una toalla mojada y, cargándola en brazos, me largué por donde vine. Detrás mío los pisos se derrumbaban e inmensas vigas caían sobre los lugares que acababa de dejar. A toda velocidad llegué a la calle. Una muchedumbre aplaudió mi heroísmo. La dueña de la perrita se echaría en mis brazos.

—¿Tú no eres de aquí, verdad? —investigó el ángel al cruzar el parque México.

—Soy argentino, ¿y tú? —si nuestros destinos iban a unirse para siempre, lo mejor sería tutearla.

—Yo soy veracruzana, jarocha de hueso colorado, pero llevo diez años en Chilangolandia. ¿Te gusta vivir acá?

Me gustás vos, quiero decir, me gustas tú, me gustan tus piernas, tu cintura, tus pechos de paloma, tu boca roja que si me la sigues poniendo así de cerca me veré obligado a besar, me gustan el brillo de tus ojos y las aceitunas de tu piel y tu brazo tibio...

—Sí, me gusta —dije.

—Argentina es muy linda. Río de Janeiro con su carnaval, Viña del Mar y su festival de la canción. Yo quisiera ir ahí —desvarió el ángel.

Conjeturé que en el cielo no debían preocuparse mucho por la geografía terrestre, sin embargo, me pareció grave que tampoco conocieran la historia. Y como hay cosas que deben saberse, hablé sobre los asesinos uniformados que masacraban a mi patria, sobre las persecuciones sufridas por creer en las elecciones y no apreciar la música militar, y sobre cómo, milagrosamente, entre los tanques y las balas que silbaban en mis oídos, había salvado la vida. Todo ello sirvió para preocupar, asustar y enternecer a mi acompañante. A mí me sirvió para provocar lástima y recibir una caricia cortés en la mejilla.

Cortés o no, era una caricia. Las manos del ángel del amor terminaban en uñas tan rojas como su boca. Arrimé mi brazo a su cuerpo; la dulce anfitriona arrimó su cuerpo a mi brazo.

—¿Vas bien? —preguntó.

—Demasiado —confesé.

A ella le dio otra vez la risa y pronto llegaríamos a su casa. Anaranjada, de tres plantas, con rojas y azules matas de bugambilias derramándose por los balcones, y algo extraño: la puerta abierta. "¡Qué raro! ¿Habrá pasado algo?" "¿Quieres que entre contigo?" "Sí, tengo miedo." "Déjame ir adelante." Subimos por una escalera alfombrada y en la primera planta los vimos: mamá ángel y papá ángel atados y amordazados en un sillón. Cerca de ellos un ladrón, con antifaz y linterna, y negra bolsa llena de objetos robados, revisaba los cajones de un mueble. Eso pasa, las cortinas de la lluvia también son aprovechadas por la delincuencia. Me abalancé sobre el ladrón y le acomodé un botellazo de aceite Gloria en la cabeza. La botella se partió, la cabeza se abolló y quedó como si hubiera pasado la noche en un barril de Glostora, y el facineroso cayó desmayado. Chau ladrón, chau tortas fritas. Antes de ocuparse de sus padres, el ángel se echaría en mis brazos.

Al llegar a Insurgentes había dejado de llover. Alguien se ocupó de señalarlo: "Ya dejó de llover." Como si yo no tuviera ojos ni fuera capaz de darme cuenta.

—No. Todavía llueve.

—Ya paró.

Sin lluvia no habría paraguas abierto, ni brazos enlazados, ni cabellos haciéndome cosquillas, ni fabulosas promesas de cuerpos que se rozan. Las pérdidas serían incalculables.

—Todavía llueve.

Estéril discusión ya que, oscura como la desgracia, a veinte pasos de distancia se alzaba su morada: un descascarado edificio de departamentos a punto de convertirse en ruina histórica. "Ya llegué, muchas gracias, eres muy lindo." Con el tranquilo desapego de las apariciones, el ángel se marchaba. Hasta siempre o hasta nunca. Nos vemos. Chau. Sayonara. Todo en orden. Compartimos diez minutos bajo la lluvia, caminamos juntos unas cuadras, ella entraba en su casa y, seguramente, alguien se perdería para siempre. Un soplo de tristeza habló de adioses sin remedio. Mi cara debe haberlo demostrado. Ello puede explicar que el ángel jarocho pusiera sus manos en mis mejillas y me plantara un beso en la boca. Un beso para no olvidar, para pensar en él cien años y luego proponer: "¿Va de nuez?" Un vino dulce y tibio y maravilloso, pese a las pastosidades del lápiz de labios. No era el beso de un ángel, por suerte, sino el de una deliciosa veracruzana.

Cinco de la tarde. Dejó de llover. Arriba el cielo azul y bajo los pies un tapete de flores de jacaranda. Mis pulmones se llenan con el aire húmedo que mezcla olores de tierra mojada y de vegetales que han tomado su merienda. En el parque, los pájaros festejan el regreso del sol. La gente trabaja, va y viene, se ocupa de sus familias. Como yo. Alguien ha puesto una flor en el caño de escape de un automóvil. El horóscopo para mañana promete "lluvia", y agrega "tortas fritas".

Los dueños de la tierra

CUANDO Manitú enfrentó la creación de la humanidad, tal vez enterado del método de Jehová o tal vez anticipándose a sus modelos, decidió usar barro cocido. El asunto presentaba dificultades. O no se había hecho nunca o, de haberse logrado, apenas cabía pensar en el pálido borrador de un proyecto. Los prototipos no eran satisfactorios y se corría el riesgo de seguir fabricando golems y criaturas de Frankenstein. Sin embargo, había que hacerlo. Después de millones de años al frente del planeta, los dinosaurios únicamente habían desarrollado patas traseras y mandíbulas, eran incapaces de encender un fuego y menos sabían tallar un tótem con la imagen de su benefactor. De manera que, determinado y expectante, Manitú hizo el primer muñeco y lo puso a hornear, calculó el tiempo de cocción, dio unas chupadas a su pipa y lo sacó. Negras nubes cubrieron las praderas celestes. Su primer hijo estaba crudo. Un renacuajo paliducho, muy lejos de sus sueños. Padre al fin, Manitú lo admitió y, habida cuenta de su aspecto, optó por mandarlo a Europa. Al segundo hombre le duplicó el tiempo de cocción y, como hasta un padre novato podría haber previsto, salió quemado, negro, trompudo y con el pelo rizado. "Ni modo —dijo Manitú—, éste se ve bueno para el África. Lo que necesitan estos humanos es aceite." Al tercero lo ungió abundantemente, le dio una cocción intermedia entre la del crudo y el quemado, fumó una pipa y, muy confiado, lo sacó. Craso error. El tipo nació amarillo. Pero Manitú ya estaba acostumbrado. Sabía que los hijos respetan poco el esfuerzo de sus padres. "Nadie es perfecto", dijo, y lo mandó al Asia. Apenas le quedaba barro para un último muñeco, y Manitú se hallaba muy desmoralizado. "O yo soy un inútil —se decía—, o debo cambiar las hierbas que fumo, o mis genes son una basura. ¿Por qué no puedo tener un hijo como la gente?" Entonces, Manitú analizó lo hecho, consideró faltas y excesos, preparó una nueva mezcla, moderó el uso del aceite, estuvo atento al reloj y a la temperatura del horno y, preocupado, pero siempre optimista, sacó al último de los mohicanos. "¡Lotería!" Una sonrisa solar brilló en el firmamento. ¡Ése era su hijo bien amado! Ni blanco ni negro ni amarillo, sino del tostado perfecto buscado por El Hacedor. La raza de cobre y bronce acababa de nacer. Los indios americanos.

Los primeros indios que vi practicaban sus depredaciones en el cine de General Viamonte. Sanguinarios y retrógrados, atacaban las caravanas de colonos que cruzaban las desoladas praderas norteamericanas, sólo pisadas por búfalos y coyotes y navajos y sioux y otros seres del reino salvaje. A flechazos recibían a los viajeros que, con una Biblia en la bolsa y el Winchester en las manos, venían a ocupar sus tierras y civilizarlos; incendiaban sus ranchos y carretas; pintarrajeados como demonios, ebrios de aguardiente y sangre de animales, violentaban blancas mujeres, robaban niños blancos y arrancaban los cueros cabelludos de sus víctimas, usándolos después para fabricar tapetes y máscaras malignas.

Uno pensaba en Manitú y en esos descarriados hijos suyos, que se llamaban Caballo Loco y como tal se comportaban. Imaginaba uno que, de pequeñines, seguramente Manitú los hizo jugar sobre sus rodillas, les compró dulces, los cuidó en la plaza, y a cambio de tantos afanes sólo esperaba verlos convertidos en doctores, diputados, césares, pintores de la Gioconda o constructores de catedrales. No debía gustarle nada verlos actuar como locos de la guerra. Y aunque nunca se ha visto que un dios diga "Me equivoqué", ya que lo propio de los dioses es culpar a los de abajo, montar en ira sacra y aplicar castigos ejemplares, tipo lluvias de fuego, plagas de alimañas y ciudades destruidas, quién sabe si alguna vez, al recordar sus tiempos de artesano del barro, Manitú habrá reflexionado sobre la chapucería de todos sus intentos, la conveniencia de eliminar esas hierbas verdes de su pipa, al menos durante los horarios de trabajo, y los malditos genes que lo condenaban a procrear una raza aún más maldita.

Más tarde supe de los cazadores de cabezas, de corazones arrancados con cuchillos de piedra y devorados en altares aztecas, de feroces pigmeos cuyas cerbatanas despedían enjambres de flechas venenosas, de los malones pampeanos que no dejaban piedra sobre piedra ni hueso sobre hueso. Gente atroz y endemoniada y peor que una araña, la verdad sea dicha.

Los indios "de verdad" que vi no debían ser indios. Ni tenían plumas en la cabeza, ni cargaban sus *tomahawk* para descabellar al prójimo, ni bailaban como poseídos alrededor de un palo pintado, ni se golpeaban la boca para emitir los alaridos con que se comunican. Algo estaba mal en ellos. Más bien, todo estaba mal. O esos fulanos no habían visto una película en su vida o eran tan indios como yo. La ocasión estuvo presidida por la muerte: un cortejo fúnebre indígena, de la tribu de Coliqueo, cruzaba las calles de General Viamonte. Sin embargo, la solemnidad de la escena cedía ante la pobreza del espectáculo. Lo que mis ojos vieron fue una larga fila de sulkys;[6] arriba de ellos iban cien o doscientos

---

[6] Carrito de dos ruedas, jalado por un caballo, utilizado preferentemente en las carreras. (N. del E.)

paisanos vestidos como los de cualquier campo y con las mismas caras serias, agrietadas por el viento y quemadas por el sol.

Debo admitir que me sentí estafado. ¿¡Ésos eran los indios de General Viamonte!? Verdad es que se trataba de nuestro pueblo y no de las selvas amazónicas, que no cabía confundir la fábrica de hielo de Monti —escenario contra el que se recortaba la caravana— con las montañas del Himalaya; ningún parecido existía entre las huellas del camión regador y las riberas del Nilo; no estábamos en las junglas de la Malasia ni en ninguna otra región inexplorada y prestigiosa. Sin embargo, una cosa era nuestra domesticidad sin abalorios y otra muy distinta agredir identidades consagradas por el cine, la literatura y la universal aceptación. Bien estaba que ya no arrancaran corazones ni bebieran sangre de potro ni nos echaran encima sus malones, pero al menos debían montar a caballo, lucir orgullosamente sus penachos, las casacas con flecos y su largo pelo suelto o recogido en una gruesa trenza. ¿Cómo si no podríamos distinguirlos de quienes no eran indios?

El hecho hablaba de caricaturas alumbradas por el matrimonio entre grandes mitos y pequeñas realidades, pero antes hablaba de verdades a medias y de sus particulares excepciones. En Argentina no había indios, cierto, pero algunos quedaban. La única tribu existente en la provincia de Buenos Aires —un sembradío grande como España, de a ratos interrumpido por poblaciones—, era la de Coliqueo, es decir, la nuestra, la de General Viamonte. Ahí estaba la excepción a la raza blanca, y también estaba nuestra peculiaridad. Una doble identidad nos perseguía: la ciudad homenajeaba a un general, don Mengano Viamonte, pero el cartel en la estación de trenes decía Los Toldos. La palabra mestizos rondaba por el aire sin llegar a las gargantas. Nadie sabía qué hacer con el legado prehispánico ni cómo asumir su existencia. Dudábamos entre reivindicar nuestras raíces e inflarnos de orgullo por la tribu o escondernos cuando preguntaban por nosotros. Imposible imaginarse a los indios pidiendo un Gancia con limón en el Club Social (tal vez harían boleadoras con las bolas de billar; sacándole punta a los tacos, fabricarían lanzas), ni nadie querría ver sus caravanas de sulkys desparramando bosta frente a las tiendas de la calle Mitre y sobre la elegancia del bulevar San Martín. Tampoco era el caso. Nuestra relación con los indios incluía tranquilizantes mediaciones. La tribu estaba lejos del asfalto y ni siquiera la veíamos. En la distancia se cargaba de irrealidad. Apenas era un polvoriento rancherío, con algo de mitológico y mucho de pobretón, que por el privilegio de ser cabeza del Partido, nos pertenecía. Así de abstractos y borrosos eran nuestros vínculos con los indígenas. Sin embargo, un día Caballo Loco saltaba la tranquera y la tribu se hacía concreta, poniéndonos a pensar en esos indios tan poco parecidos a los verdaderos indios del cine.

Lo más insólito me lo explicó mi tío Rafael: "No son indígenas argentinos sino mapuches chilenos, araucanos del río Maipo. Mientras aquí se lanzaba el genocidio llamado 'Campaña del desierto', huyendo de idénticas persecuciones en su país, llegaron los mapuches y pidieron unas tierras donde instalarse a trabajar. Les prestaron ésas, y aunque todavía el gobierno no les reconoce plenos derechos de propiedad, ahí están. Como vos, que sos nieto de un español, también ellos se fueron haciendo argentinos."

Insólito y en cierta medida conveniente, ahora los déficit de esos sujetos resultaban más comprensibles: eran indios chilenos.

El segundo dato insólito me lo asestó mi padre: tampoco Viamonte fue argentino. Se trataba de un general uruguayo que, asentado entre nosotros y nacionalizado, llegó a ser gobernador de la provincia.

¡Qué tal dosis de humildad, eh, y qué tal paliza en el protagonismo! Nuestras raíces como pueblo derivaban de un milico uruguayo y de unos limosneros trasandinos. Súmense los abuelos españoles y las hordas descendientes de los barcos y se entenderá mi escaso apego a las fanfarrias del nacionalismo.

En México es distinto. Los indios son de verdad y no vienen de Miami. Se llaman náhuas, mayas, zapotecos, mixtecos, otomíes, tzeltales, tzotziles, totonacas, mazatecos, choles, mazahuas, huastecos, chinantecos, purépechas, mixes, tlapanecos, rarámuris, zoques, mayos, tojolabales, chontales, popolucas, chatinos, amuzgos, huicholes, tepehuanes, triquis, popolocas, coras, kanjobales, yaquis, cuicatecos, mames, huaves, tepehuas, pames, *slijuala xanuk*, chujes, chichimecas, guarijíos, matlatzincas, kekchíes, chocholtecas, pimas, jacaltecos, ocuiltecos, seris, quichés, ixcatecos, cakchiqueles, kikapúes, motozintlecos, paipais, kumiais, ixiles, pápagos, cucapás, cochimíes, lacandones, kiliwas, tecos, aguatecos. Son mexicanos de hueso colorado, raza de bronce auténtica. Usan ropas blancas para soportar el sol y de colores para celebrar la vida. Tejen pájaros y jaguares y peces y volcanes en tapices y mantas que luego les venden a los blancos. Con la corteza de una higuera hacen amates, los "papeles" y las "telas" donde pintan sus cuadros. Barrocos por asombro y afán reproductor, representan y fabulan el mundo que los rodea. Tallan maderas, pintan calabazas, trenzan fibras vegetales, esculpen el barro, el vidrio y la loza. Como los artistas medievales, producen un arte llamado artesanía, y todos sus productos son buscados por los blancos. Hablan dos o tres idiomas; tienen sus sabios, sus leyes, su organización social basada en los usos y costumbres del pueblo; conocen los poderes curativos y mortales de las plantas, dominan los sueños del peyote y de los hongos alucinógenos;

conversan con los monos y con los escarabajos como hacía Francisco de Asís. Son católicos, protestantes, musulmanes, pero creen más en las fuerzas de la Tierra y del Sol y de la lluvia. Esperan a la serpiente emplumada que un día volverá para recoger a los hijos de Quetzalcóatl, Manitú y Viracocha. (Chance y también los mapuches de General Viamonte tendrán derecho a su parcela en las praderas celestes.)

Si en algo se parecen los indios mexicanos a los de mi pueblo, debe ser en sus opciones laborales: aquí como allá, o los dueños de la tierra están desocupados o trabajan para los blancos.

En el tianguis

—SI alguien quiere papas fritas tiene que ir al tianguis —dijo mi mamá. Yo levanté la mano y ella no se detuvo ni a parpadear—: comprá un kilo de papas blancas, uno de tomates redondos, una lechuga orejona, medio kilo de queso Oaxaca y algo de fruta.

—Buena y barata, ¿no? —¿es o no curioso?: a uno empiezan a decirle que es irónico y burlón, algo pasa en el medio y uno termina burlándose del papa e ironizando a costa de su madre.

Mamá se limitó a mirarme con suave reproche. Ella se interesaba por las compras y, ya se sabe, todo tiene un precio.

Comparado con el mercadito de Di Capua, raquítico despacho donde conseguía comestibles en General Viamonte, el tianguis tiene la exuberancia de un mercado de las mil y una noches. Si al espectáculo le sumamos que se puede regresar de la expedición con frutas tropicales, el negocio es perfecto. Yo proponía piñas, que con el nombre de ananás llegaban al pueblo en Navidad, y otras jamás vistas antes en pulpa y cáscara por un sujeto de la pampa húmeda bonaerense, y mi mamá invariablemente concluía pidiéndome especies conocidas, a las que, si no estaban muy caras, podía agregar alguna de las "nuevas". "Que sean buenas y baratas", decretaba. ¡Como si fuera fácil!

Camino al tianguis, me detuve a mirar unas pintas, hechas con tiza sobre la blanca pared del Abarrotes Leonora.

"Todo el poder a los AE."

"La mujer es de quien la trabaja", AE.

Pensé que, como decía una canción de Serrat, "debe haber gente pa' todo", y me asomé al vergel.

—Para la música... —dijo el hombre del organito, una mano dándole vueltas a la manija que hacía sonar su instrumento y la otra imponiéndome su gorra.

—Cuando vuelva —respondí, inseguro del alcance de "mi" dinero y seguro de que primero debía calmar el hambre de una familia.

En nuestra colonia el tianguis se instala los viernes. Ese día los coches van por otro lado y la calle se llena de verduras y frutas, de carnes rojas, pollos y pescados. Se venden quesos, canastos, tendederos de ropa, baldes, plantas, flores, radios viejos y copas y bandejas y toda clase de porquerías y adornos prehistóricos que los adultos se detienen a mirar como si fueran novedades. Además de moles, salsas, tortillas, frijoles, aceitunas, nueces, dulces, galletas, miel y cualquier otra cosa negociable entre gente a la que no le sobra un peso. Por si todo ello fuera poco, el tianguis tiene mesas y bancos donde hambrientos y antojados pueden sentarse frente a cinco tacos, diez quesadillas, pilas de gorditas, pambazos, tortas de chicharrón y de huevo con longaniza, y asistir a las crepitaciones de chorizos y morcillas en el comal, y asomarse a las ollas hirvientes de caldos y guisados, todos con picosas salsas rojas, verdes, rancheras, borrachas, más cocteles de calamares y jugos de naranja y atoles y buñuelos y churros... y comer y beber como si alguien acabara de anunciar el fin del mundo.

Con un licuado de olores y colores en mi boca caminé por los angostos pasillos destinados al paso de los compradores. Como en los bailes del campo, hombres y mujeres estaban separados. En el caso, por la línea del comercio: ellos vendían y ellas compraban. Sin absolutismos, porque luchonas mujeres aceptaban las faenas de vendedoras en el tianguis, y desprejuiciados varones sumaban sus bolsas a las legiones de "señitos". Los más audaces —o sometidos, que no me queda claro— empujaban un carrito. Fui con ellos. Aunque los Rodríguez y otros vagos no me "bajarían" de mandilón si pudieran verme, no importaba. Se necesita ser tonto además de menso para quedarse hablando de nada en el cordón de la vereda, únicamente atento al ondular de las espaldas bajas femeninas, en vez de meterse de cabeza en este paraíso del asfalto. Los puesteros ofrecían, exigían. "Qué le damos, pásele, seño, señito, reina, caballero, qué va a llevar, pruebe el mamey, la sandía, el aguacate, quiere ajos, lleve fósforos, quería la miel, buscaba carne, aquí está, la mejor, anímese." Los acordes de un vals me acompañaban. Me di vuelta para mirar el organito. Todos los compradores pasaban junto al dueño de la música, la mayoría estudiaba obstinadamente las cebollas, pero alguno le dejaba una moneda.

—Para la música...

Nadie ha mendigado con mejor estilo. Como las montañas, el mar, el obelisco de calle Corrientes y el Ángel de la Independencia, la música es de todos. El hombre del organito lo recuerda cuando pide como si no pidiera para él.

—Para la música.

Las ruedas embarradas del último organito / vendrán desde la tarde buscando el arrabal, / con un caballo flaco y un rengo y un monito / y un coro de muchachas vestidas de percal. Conozco el tango desde niño, y algo he visto y leído sobre los personajes y el ambiente del viejo Buenos Aires. Ese mundo de casas bajas, con ventanas floridas y enrejadas, y de vidas hechas al ritmo lento de chatas[7] tiradas por caballos, tumba-

---

[7]Forma vulgar de referirse a un tipo de camión desvencijado. (N. del E.)

do por la "picota del progreso" y recuperado por la nostalgia. Combinación de una costumbre de ser pobre, que se ofrece feliz en las canciones, con la insurrecta danza de dos cuchillos bajo un farol. Recreaciones hechas mías en el deseo de conocer esos organitos que recorrían calles del pasado, poniéndole música a una resistencia tan inútil como heroica, y que con su caballo y su monito y las cotorritas que adivinaban la suerte, contaban la emoción y la tristeza de una ciudad extraviada entre pizzerías y carteles luminosos.

Hubiera pagado por ver al organito, a las sirenas que con su canto embrujan a los marineros y a Carlos Gardel. No los vi nunca. En mi pueblo eran leyenda de otro lugar. En Buenos Aires pertenecían a otro tiempo. Los organitos sonaban en los burdeles, alegrando el abrazo milonguero en las caras cortadas de los machos; cantaban con las fuentes de las plazas, donde al amparo de amplias sombrillas, las pálidas muchachas convocaban al hombre de sus sueños; lloraban en la recova del bajo, entre los negros de Rosas, ex esclavos o descendientes de esclavos, por un minuto devueltos a sus paisajes de fuego. Empujado por vientos de la historia, el organito se había ido. Con él se fueron los malevos; el arrabal se pobló de fábricas y los guapos cambiaron los restos de su salvaje libertad por un overol de obrero. Se fueron los negros, perdidos en la ciudad blanca. Se fueron las papusas[8] y las grelas,[9] nocturnas mariposas de los tangos que arrastraban a la perdición a los varones, y que, si el guapo cobraba con sangre del rival la perfidia de la bella, lo dejaban pudrirse en una cárcel. Por calles de piedras se llegaba al barro, y por ese barro se fue el organito. El asfalto, la fábrica, hombres de traje y corbata y la policía construyeron una nueva ciudad sobre la vieja. En la ciudad nueva hubo

[8]Mujer hermosa (palabra en desuso utilizada en los tangos). (N. del E.)
[9]Amante, querida. N. del E.

lugar para la pobreza —que ya nadie vio feliz—, pero no lo hubo para el organito.

Dos sensaciones me dominaban. La primera era extraña: sin haberlo visto antes, apenas topo con un organito lo declaro escudo de mi patria. ¿Cómo se entiende? El tipo de la música es un mexicano, con cara y cuerpo de mexicano, sin embargo, algo hay en él de un abuelo a quien únicamente si tuviera cien años podría haber conocido. En espejos de la imaginación se reflejan paisajes desconocidos. En ellos transcurre un drama de personajes de leyenda. Todo está en ese tango: *Saludarán su ausencia las novias encerradas, / abriendo las persianas detrás de la canción, / y el último organito se perderá en la nada / y el alma del suburbio se quedará sin voz...* Ya tenía una gran pregunta para Zurrieta, el profesor de literatura: ¿cómo el mito se hace nuestro y de qué manera nos hace suyos?... ¿basta el poder de la creación literaria para lograr esos transvases?... Eso sería luego. De momento, cuestiones acuciantes postergaban el tema. La segunda sensación ocupaba el escenario, y era extrañísima: a dos pasos de donde me hallaba, una dulce anciana acababa de robarse un pescado de medio metro de largo. Yo controlaba el panorama desde el puesto de los quesos, a un costado estaban el pescadero, la anciana ladrona y otra mujer mirándola espantada. El caso fue así: la anciana pidió dos pescados chiquitos, un poco más grandes que mi mano, dijo "Sáquele las escamas", y cuando el pescadero se agachó sobre su tabla de limpiar pescados, ella manoteó un bicho inmenso hacia su cuerpo y lo hizo caer, junto a unos trozos de hielo, para recibirlo en una bolsa de su amplia falda a cuadros blancos y negros. Y chau. *Never more.* No más pescado. Ninguna huella del delito. Sólo dos testigos nos mirábamos, entre el asombro y el temor de ver desatada la violencia, y mirábamos al pescadero y a la señora delincuente, y verificábamos los trescientos sesenta grados de nuestro entorno, ansiosos por saber si alguien más compartía nuestro terrible privilegio.

Pensé en magias populares. Imaginé una mamá canguro que sacara de paseo a su bebé. La anciana me obsequió su dulce sonrisa y hablamos sin decir una palabra.

"No me vas a delatar... ¿verdad?"

"No sé."

"Se ve que eres un buen chico... Seguramente no le vas a hacer daño a una anciana... ¿verdad?"

"Pero usted acaba de robar... No puede hacer eso."

"Tú eres joven y fuerte... Podrías ser el nieto de esta pobre vieja... ¿Acaso acusarías a tu propia abuela?"

"Mire señora, no mezclemos las cosas. Una de mis abuelas murió y la otra no acostumbra robar pescados."

"La necesidad es más fuerte, muchacho. Con este pescado comerá toda mi familia. ¿Qué quieres? ¿Matarnos de hambre?"

"No, pero..."

"Tú nada más cierra la boca. Ni siquiera estás aquí, sino en el puesto de los quesos. No debes haber visto nada. No te metas."

"Sí, pero..."

Me dieron mi queso, a la anciana le dieron sus dos pescaditos, pagamos y, cada uno por su lado, salimos del lugar del crimen.

Di veinte pasos y escuché las voces. Sabía lo que pasaba y elegí no darme vuelta. Guiado por una brújula infalible, caminé hacia el olor de los mangos. En el puesto de frutas me detuve. Los mangos manila se veían muy buenos, sin ser baratos; los paraíso eran más baratos y menos buenos; los ataúlfo coincidían con mi bolsillo y parecían deliciosos. Me alcanzaba para tres kilos de mandarinas, uno de mangos y un melón chino. ¡Súper!

Antes me alcanzaron las voces: una furiosa, la del pescadero, "¿Dónde se metió esa vieja ladrona?", y otra de urraca y de testigo al servicio de la ley, "No puede andar lejos,
recién estaba acá." Y en seguida: "¡Él la vio, él también la
vio!", frase que no admitía interpretaciones y que me obli-
gó a girar en su dirección, para encontrar un dedo acusador
dirigido hacia mí como una flecha.

Los curiosos se sumaban y el grupo de justicieros por
mano propia se acercaba a la decena de voluntarios. Todos me
rodearon y exigieron explicaciones con voces confusamente
mezcladas, aunque una, sonando como un graznido colérico,
destacaba entre todas: "Él también la vio."

Me di vuelta hacia las frutas y dije:

—Tres kilos de mandarinas bien pesados, uno de ataúl-
fos como para los meros cuadernos y un melón chino bueno
y barato.

Una garra en mi hombro me devolvió a los perseguidores.
El pescadero me echó un chorro de furor salado, acercó a la
mía su cara bañada en amoniaco, exigió:

—¡¿Dónde está esa vieja ladrona?!

Apliqué un truco del refranero mexicano: "El que se
enoja pierde." Controlé el pánico que me comía las piernas
y, con tranquilidad (eso creo), respondí:

—Mí ser extranjero, míster. ¿Qué desea vocé?

El pescadero, la urraca testigo y otros, al parecer incapaces de cerrar sus bocazas, me cercaron con una ira formada
de preguntas, una sobre la otra hasta crear un ruido donde
se hacía difícil entender una palabra.

Dediqué al pescadero una sonrisa de incomprensión y
aguanté las embestidas verbales del conjunto hasta que las
maravillosas mujeres de los tianguis salieron en mi defensa.

—¡Bueno, ya, déjenlo tranquilo!

—¡Pobre chavo, no ven que es extranjero!

—¡Busquen a la vieja ladrona, dejen al niño en paz!

—¡¿Tú la viste?! ¡¿Tú la viste?! —seguía exigiendo el ofendido.

—¡Él la vio! —apoyaba la urraca.

—Yo sólo ver este hermoso tianguis, míster. No sabiendo niente.

—¡¿No la viste?!

—No.

Más gritos, fuerte desconfianza, demasiadas dudas, hasta que a las voces de "vamos a Nuevo León", "por ahí debe andar", "antes de que se trepe a un pesero", el grupo comenzó a dispersarse. Con un suspiro aliviado me ocupé del frutero y de mi bolsa.

—Listo, míster. Son doce pesos.

—Chido, mi estimado —dije al pagar—. Me sobran dos varos. ¿Cuántas guayabas me regala por dos moneditas de la buena suerte?

—Dos varos: cinco guayabas, míster.

—Juega.

Junté mis tesoros y al irme comprobé que la urraca se había quedado para comprobar mi falacia y me obsequiaba una muestra de genuino odio jarocho.

—¡Tú la viste y no eres ningún extranjero sino un pinche argentino!

—Buona sera, milady —respondí.

Las aceleraciones de la sangre me negaban la paz, instalándome en una exaltación que resaltaba las intensidades en que, a veces y generalmente sin aviso, es pródiga la vida. Todo bien. Acababa de mentir y de proteger al crimen. Ni modo. Peor sería matar de hambre a mi propia abuela.

—Para la música...

Ahí estaba el organillero y yo sin un centavo.

—¿Quiere una guayaba?

El hombre sonrió, y yo colaboré con su gorra.

Mi especialidad deben ser las contradicciones, porque dos ideas simultáneas me visitaron:

1) El dueño de la música es un mendigo.

2) ¿Y qué?

Como el organito, también yo venía de otra onda. Había sido expulsado de un país donde ser distinto de los militares se pagaba con la muerte.

¿Y qué?

Genios

LA información recogida en General Viamonte era un seguro contra fracasos amorosos y subsiguientes impiedades de la vida: los encargados de la organización sentimental del planeta habían reservado siete bellezas para cada galán. Por mal que nos fuera, alguna fruta debía caer en nuestra canasta. Compartí la teoría con el Chaparro Goitía y conseguí una mirada de lástima.

—Eso será en tu pueblo —dijo—. Acá nos tocan nueve.

Puse en duda su salud mental. Mostré incredulidad ante la negación de leyes universalmente válidas en el barrio de La Estación, y fue como si le diera cuerda.

—Pero a los vascos nos tocan diecisiete —agregó mi amigo, un bato más chilango que el Estadio Azteca—. Estamos en segundo puesto, después de los mahometanos, quienes tienen derecho a cuarenta. El único detalle es que a ellos primero les toca morirse, en cambio nosotros estamos para disfrutar aquí, en este valle de promiscuidades. Hazme el favor de cambiar el agua del balde, ya está muy mugrosa y la necesito limpia.

Goitía masticaba y limpiaba el patio de su casa. Para eso tenía dos manos y una madre que, implacablemente según mi amigo, juzgaría sus tareas. Antes de ayudarlo, le dejé otra:

—¿Tú te casarías con diecisiete mujeres?

La pregunta, que ni siquiera era tal, primero porque la poligamia está prohibida y segundo porque más fácil sería elegir la cruz y cargarla hasta el Gólgota, desató la verborrea de Goitía, quien aprovechó mi breve ausencia para reflexionar y, entre mordisco y dentellada a una pieza de maíz enmayonesada, enquesada, enchilada y alimonada, apenas regresé me descargó una conferencia sobre el amor en México y los beneficios añadidos al sexo masculino.

Interesante. Resulta que en este país, hijo del Sol y de la Luna y preferido por la virgen de Guadalupe, la igualdad de hombres y mujeres ante la ley no significa igualamiento ni ataques al orden natural, que por algo a ellas las hizo hermosas y comestibles y a nosotros poderosos e inteligentes. "El hombre dirige y la mujer administra. Uno caza en la jungla y la otra barre la caverna. Ya me dirás si son tareas del mismo calibre. Por eso la dirección nos pertenece. O acaso has visto tú a una mujer presidenta de México, jefa del ejército, al frente de la conjura de Hidalgo o comandando las fuerzas villistas." Supe que las mujeres participaban en tan magnas empresas en calidad de "Adelitas", nombre de las viejas que van detrás de los soldados, les preparan sus cafés y sus tacos, y les regalan cada noche motivos para no desertar. Supe también que la palabra viejas no señala edades sino faldas, o sea que Marcela y las recién nacidas también son viejas. "¿Te das cuenta, Che? Te tocan nueve, porque acá somos buenos anfitriones y te vamos a dar trato de mexicano. Así que ve apurándote y éntrale de una vez a la primera."

Me pregunté si el Chaparro sabría lo mío con Marcela.

—¿Las que tuve en Argentina no cuentan?

—¿Cuántas tuviste?

Mariana Zaldívar, antes Nelly Manella, después Norma Glisanti.

—Cinco.

—No cuentan. Aquí empiezas de nuevo.

Me pareció buen plan. No hice comentarios porque otra figura humana, bufando bajo una pila de bolsas de compras, se encaró con nosotros.

—¿Quihubo, chavos? —saludó el Yate.

—Buenas, señor Goitía.

—¿Qué trajiste, pa?

—¿Y la vieja?

—En la peluquería, con sus cuatas.

—¿Todavía no vuelve?

—Habló por teléfono. Se encontró con una amiga y después de peinarse van a tomar el té y pasarse sus reportes. Tal vez estemos solos durante la próxima semana.

—¿Y tú, qué haces?

El Chaparro miró a su progenitor como si éste fuera Cristo apresado por los romanos, y él fuera Simón llamado Pedro y no quisiera ni conocerlo.

—Me preparo para casarme, o lavo el patio. ¿Tú qué crees?

—Ayúdame a descargar, ¿no?

Entre los tres vaciamos seis bolsas colmadas de comestibles, artículos de limpieza y otros etcéteras, y después guardamos todo en el refrigerador, un canasto de fruta, dos alacenas y el baño. Como el Yate corregía constantemente a su hijo, "¡Ahí no, tarugo! ¡El papel de baño va en el baño! ¡La mantequilla en el refrigerador! ¿Quieres que venga tu madre y la encuentre derretida?", yo elegí preguntar: "¿Las peras van en el canasto de las frutas, señor Goitía?", y después de recibir un "Sí" más o menos vago, insistir: "¿Las manzanas también?", para luego pasar a un cuadro donde el Yate ponía cara de dolor de estómago, o de profundo arrepentimiento por haber pedido nuestra ayuda.

Al fin terminamos y el Chaparro encaró a su progenitor:

—El Che no cree que a los vascos nos tocan diecisiete mujeres. Cuéntale, pa.

Francisco Javier Goitía, hijo y nieto de vascos, fue apodado familiarmente Paco, aunque los amigos prefirieron llamarlo Pancho. Cumplidos once años sin que se advirtieran cambios en su estatura, los más clarividentes empezaron a decirle Parro, anticipándose al que sería su nombre definitivo. Cuando lo conocí, su identidad se había precisado: era el Chaparro Goitía.

Cuadrado de cuerpo, pero ágil y movedizo, el Chaparro había sido el mejor futbolista de la escuela primaria Alfonso Herrera. En la secundaria disputaba esa calidad con un par de grandulones de tercer año. La discusión no era *honoris causa*, estaba en juego el puesto de capitán del equipo y el derecho de cambiar su nombre.

Dicha escuadra había padecido denominaciones tales como "Mártires de la Hipódromo–Condesa" y "Tiburones del Parque España". Actualmente se llamaba "Titanes del césped", y el Chaparro prometía que apenas fuera capitán la bautizaría como "Los hijos de la tempestad". En fin, como es sabido, los gustos no vienen en el diccionario.

Los Goitía habitaban un viejo departamento de planta baja en la calle Amatlán, que arrastraba el dudoso prestigio de haber sido usado tiempo atrás como burdel. De tales truculencias quedó un pasillo alfombrado de rojo y un farol en la puerta, blanco ahora y antes igualmente rojo, que en tiempos aventureros ofertó sus noches de amores mercenarios. Y allí nos hallábamos, aprovechando que la reina y esclava del hogar decidió peinarse.

—¿Sabes qué me dijo?... "Por vivir al servicio de ustedes parezco siempre una bruja. Ya estoy harta. Ahora voy a ser pelirroja." ¿Puedes creerlo, Che?...

Sin comentarios. Nosotros estamos aquí, en la diáspora, apurando hasta las heces nuestro cáliz de amargura. Estoicamente soportamos las penurias del destierro y no tenemos tiempo para ocuparnos del cabello de las señoras del barrio.

El padre de Goitía, peluquero apodado el Yate, en síntesis de "Ya-te-amoló", situación que según los habladores de la colonia devenía inevitable apenas uno "caía" en su sillón de trabajo, tenía un sueño. Quería poner un restaurante frente al mercado de Michoacán, y profetizaba que ese cruce triangular de calles estaba llamado a ser el centro gastronómico de mayor impacto en la ciudad. "Imagínense, todo esto cubierto de cafés, bares y restaurantes", solía decir sembrando pánico entre sus interlocutores. Hasta a mí me lo decía cuando, una vez por mes, me tocaba el turno de ser amolado. "¡Te imaginas, Che!... —insistía—, convence a tu jefe para que ponga un restaurante argentino." "Va a estar difícil —respondía yo—. Mi viejo es bueno haciendo papas fritas. Otros platos no se le dan muy bien." "Tú convéncelo —insistía el Yate—. En unos años esto será como Las Vegas."

—Todo empezó con la fundación del mundo —dijo el Yate—. Ahí estaba Mari, madre tierra y reina de todos los genios, y estaban las lamias, apapachando sus cabellos con un peine de oro, más el macho cabrío y un chingamadral de genios, todos ellos convocados por Mari para crear a los humanos. "Este *bisnes* es nuevo para todos —dijo Mari—. Les pido trabajo y buena voluntad. La eficacia vendrá después. Así que manos a la obra, que para luego es tarde." Los genios investigaron sobre la materia prima que debían usar, y Mari dio más explicaciones. "Miren —añadió—, Jehová usa barro soplado y Manitú barro cocido. De lo que han logrado, mejor ni hablar. El judío produce mujeres que caen en tentación apenas ven una forma de serpiente, cabrones capaces de asesinar a su propio hermano, tarados que cambian herencias por platos de lentejas y usureros que le cortan una libra de carne a quienes se atrasan en los pagos. Y los mejores hijos de Manitú son unos primitivos que confunden dioses con europeos, se aterran ante los caballos y los fusiles y se han dejado quitar América por otros tipos casi tan atrasados como ellos. Pero, y ahí está la cuestión, el problema no radica en la naturaleza de la materia prima sino en su calidad. Porque Jehová sopla el polvo desértico de Haluza y el piel roja cocina las arideces de Arizona. Así, ni yo tendría éxito. Nuestra fortuna está bajo los pies, en esta tierra de Euzkadi: negra, húmeda y fértil. La mejor del mundo. Aquí una hace pipí en un valle y al rato se forma un lago de aguas termales. Con la tierra y el agua que tenemos no podemos fallar. Ya pueden empezar a preparar el barro."

Como siempre, los genios querían quedar bien con Mari, y menos tardaron en mojar la tierra y abrir sus talleres que en ponerse a trabajar. En el género no fallaron, alternando el punzón de cavidades con el cilindro de promontorios, obtuvieron una producción pareja de hombres y mujeres. Lo demás fue puro ensayo y error. Mujeres con seis pechos y hombres con cola de mono, modelos anoréxicas, políticos corruptos, señoras del *Opus Dei*, militares fascistas... No se salvaba ni uno. Mari ya lo había previsto y tenía una brigada de genios ocupada en convertir en ratas a los engendros y mandarlos a vivir bajo la tierra. Entre otras cosas, ello explica la existencia de tantas ratas en el mundo. Y así siguieron: un hombre, una mujer, una rata. Todos los genios... menos el macho cabrío, porque has de saber, Che, que ese sujeto mostraba dos peculiaridades muy fuertes: necesitaba mucho amor y era muy feo. Entonces, para mejorar sus chances con el bello sexo, el cabrón no encontró nada mejor que apropiarse de las mujeres que construía. Simulaba olvidar el cilindro de promontorios y sólo usaba el punzón de cavidades.

Así fue que llenó de mujeres todas las cuevas de Álava, y por las colinas de Guipúzcoa sólo se oía el rumor incesante de voces de mujeres, y en los llanos de Vizcaya no se podía caminar sin tropezarse con mujeres. Las pobres muchachas llegaban al mundo y se encontraban al cabrío. Primero se asustaban y luego luego querían volverse a la nada, pero lo que al cabrío le faltaba de guapo le sobraba de convincente. Enseguida les echaba un discurso ponderando sus cualidades de varón trabajador y propietario de cuantiosos bienes, les prometía pasearlas por el Caribe, comprarles veinte pares de zapatos y cosas así, hasta que, considerando que la gente se aficiona con facilidad a la vida, y como tampoco las damas conocían otros galanes, empezaban a verlo menos feo y terminaban aceptándolo. El caso es que el cabrío buscaba una mujer perfecta, pero sus habilidades de genio eran más bien chafas, de modo que cuando ya todos sus colegas empezaban a lograr productos aceptables, y hasta fabricaban sabios, futbolistas y rumberas jacarandosas, él seguía sin dar golpe. Si una vieja le salía buena de corazón con seguridad era haragana, otra era generosa, pero de mal carácter, esta trabajadora y chismosa, aquella tierna y presumida, las había jorobadas y amorosas, abnegadas y celosas, eximias cocineras que únicamente aceptaban sexo con fines procreativos... Vamos, que ninguna era perfecta. Eso ponía al cabrío de un humor de mil demonios y lo agotaba en jornadas de quince horas. Meta: construir mujeres, casarse con ellas y repudiarlas. No podía convertirlas en ratas, porque la brigada establecida para esos efectos había entrado en vacaciones. Añádase que todas las esposas abandonadas golpeaban en la puerta del cabrío exigiendo alimentos, cuidado de los niños, visitas al pediatra, ir de compras, lavar la ropa, presentarse a junta con los maestros de la escuela, más un chingo de cargas que al pobre tipo lo tenían sin dormir y más flaco que un palo. Hasta que el cabrío se volvió loco tarse toda la crema en la primera cara que aparece. Todos los jabones están pensados de esa manera. Yo creo que este paquete debe servir para tres o cuatro lavadoras. ¿Qué opinas, Che?" "La práctica hace al maestro", sentencié, y pude apreciar una mirada de respeto en el dúo. La frase funcionó y no dudo que la próxima vez lo haremos mejor. Seguramente dejaremos las prendas impecables, como recién salidas de la tintorería y listas para una boda. Y aunque la señora Goitía, reina y esclava del hogar, tal vez no se haya sentido feliz al encontrar el cuarto de lavado inundado y cubierto por montañas de espuma, cabe recordar que le estábamos haciendo un favor, y eso también debe valorarse a la hora de juzgar las acciones del prójimo. Es decir, eso creo.

Me dispuse a despedirme pero una voz vasca anunció con acento irrefutable: "El hombre ha nacido para la guerra y la mujer para reposo del guerrero." Otra voz, entre vasca y mexicana, hablando para mí, pareció sin embargo responderle: "¿Te imaginas, Che, si Colón hubiera sido mujer? ¿Crees tú que se habría echado a navegar setenta días por el *Mare Tenebrosum*, o correctamente sospechas que habría dicho: 'Es muy peligroso, con todos esos caníbales y dragones', y habría preferido quedarse a tomar té con masas[10] y cotorrear con las viejas del puerto de Palos?"

Como en esos dibujos donde una bolita baja por una montaña nevada y en cada vuelta se carga de nieve y crece hasta llegar a ser inmensa, el Yate y el Chaparro iniciaron uno de esos intercambios verbales que, como la Biblia y las oscuridades del poeta Pedrini, obligadamente deben interpretarse, porque las palabras usadas trascienden sus significados y operan de una manera especial, ante todo apta para el ajuste de cuestiones personales. (Yo, por ejemplo, a veces digo "me gustan los mangos; detesto que los arruinen con chile",

[10] Pastas, galletitas. (N. del E.)

pero pienso "vengo de otro país. Malditos sean los milicos asesinos.") Cada afirmación de uno de mis anfitriones alimentaba la réplica del otro, resultaba superada por la misma y en ella encontraba nuevas cotas que debía rebasar. Padre e hijo parecían cumplir una misión secreta. Sus ojos brillaban, las voces crecían en volumen o se cargaban de expresivas modulaciones. Compañeros y rivales al mismo tiempo, se enorgullecían el uno del otro, pero también intentaban superarse y demostrar, de pie frente a la historia, quién era de verdad el mero chipocludo. Al compás de crudos fundamentalismos, derivamos a un concurso de ponderaciones masculinas y críticas a la feminidad a cargo de dos agitadores empeñados en convencerse de que si les tocaba ir con mujeres no debían olvidar el látigo y de que por culpa de Eva estábamos como estábamos.

Di algunos pasos por el lugar, jugué con un gato, miré el techo, estudié los muebles. Era viernes y nos encontrábamos en el primer capítulo de dos días y medio sin Marcela. Había pensado pasear con ella por Chapultepec. La mañana del sábado se veía ideal para iniciar a su lado una nueva vida, pero algo debía haber pasado para que me encontrara lejos de su boca de azúcar, sin planes para verla, peor que solo y junto a dos orates que no conocían el silencio. Estudiándolos era posible dar por bueno el segundo final de la fundación del mundo contada por el Yate. Goitía cortaba un salami y creo que algo me dijo, imaginé que decía "¿Gustas?" y rehusé con un cansado movimiento de cabeza. Me dediqué a mirar un televisor encendido en la casa del vecino, sin ver gran cosa porque la observación debía llegar desde nuestra planta baja hasta su primer piso. Descubrí unas manchas en la pared que antes no había visto y pensé que podría traerle otro balde de agua al Chaparro. Nos ocuparíamos un rato y la noche no demoraría en llegar. Dos nuevos mandamientos, lanzados con mayor estridencia que los anteriores, me ilustraron sobre la conveniencia de que las mujeres permanezcan con la pata quebrada y en casa, y la necesidad de tenerlas como a las escopetas, cargadas y en la cocina. Comprendí que habíamos llegado al momento culminante de la representación porque el Yate, zapateando como si supiera, se puso a cantar.

Para ser carpintero de fama
hace falta ser buen bebedor.
Con la fuerza del vino en las copas
la herramienta trabaja mejor.

Y aunque somos car-pin-teros
de martillo, serrucho y formón,
te ofrecemos niña hermosa,
te ofrecemos nuestro amor.

Simpática canción y emotivo baile, interrumpidos por el choque del artista contra un gran bote de vidrio que, poco antes, habíamos llenado de galletas y malvaviscos. Debe considerarse que el Yate pesa ciento quince kilos y que sus evoluciones bailarinas recuerdan las crisis nerviosas de un apache marihuano. Mala suerte, porque la combinación de galletas con pedazos de vidrio y malvaviscos, todo ello desparramado por el piso, no sólo nos privó de apreciar manifestaciones estéticas del folclore euzkera, sino que creó cierta tensión en el conjunto —notoria en la actitud del gato, que huyó velozmente de nuestra vecindad, quizá para evitar que los humanos optaran por culparlo a él. Momentos críticos, traducidos a palabras por el Chaparro, quien dramáticamente anunció:

—¡Rompiste el bote que mamá compró la semana pasada! ¿Qué vas a hacer ahora, pa?

El Yate se veía avergonzado por su torpeza, y asustado por las consecuencias de la misma.

—Fue un accidente, hijo. Un paso mal dado. A cualquiera le pasa...

—No es a mí a quien debes convencer.

—Tú lo viste, Che. Fue un accidente —al padre de mi amigo se le estaba poniendo una expresión mendicante, ajena a mi neutralidad y contrastante con el aire de triunfo que llenaba el rostro del Chaparro.

—Si lo rompo yo, soy un tarado; si lo rompe un adulto, es un accidente.

—¡Un momento! —la expresión del Yate cambió, haciéndome recordar el cuento "Príncipe y mendigo"—. ¡Ése no es el lugar del bote de galletas! ¡Tú no lo pusiste en su lugar! Así que no fue mi culpa que se rompiera.

—Vamos, pa. Tú lo tiraste.

—Porque tú no lo pusiste en su lugar.

—¡Y ahora va a venir mamá!

—¡Sí. Ahora vendrá "TU" mamá!

—¡¡Creo que ahí viene!!

—¡¡Sí. Ahí viene!!

Yo quería irme. Estaba muy harto de los discursos de ese dúo, del país vasco completo, de la ikurriña y de la ETA. Oí los pasos acercarse; sentí un poderoso avance de perfumes; siguiendo la dirección de dos miradas de "gato que se comió al canario" y diez centímetros debajo dos muecas obsecuentes, la encontré detrás mío. Con una gran sonrisa y un peinado rojo y copetón, la reina de los genios apareció entre nosotros. "¿Qué les parece mi...?" empezó a decir y cortó de golpe el parlamento, mientras sus claras pupilas descubrían el piso, los Goitía machos parecían encogerse y yo trataba de no existir. En cámara lenta, milímetro a milímetro, la gran sonrisa se desvaneció, el rojo copete pareció crisparse. "Buenas noches, señora", dije, para romper el hielo. La señora de Goitía se repuso, repartió besos a su tribu, a mí me revolvió el pelo, el suyo encaneció al abrir la puerta del cuarto de lavado, dando a su copete el aspecto de una brasa cubierta por cenizas, miró con azules puñales a sus familiares, abrió la boca, me miró a mí, cerró la boca, puso cara de "Hablaremos luego", preguntó por la cena, se enteró de que nadie había tostado un pan, pidió de favor a su marido que hiciera jugo de naranjas, y de favor le pidió al Chaparro que preparara unos sándwiches y los pusiera a calentar. "Primero levantan el estropicio que hicieron", dijo. Se acordó de mí, volvió a revolverme el pelo, dijo: "¡Qué rico! ¿Tú eres el argentino? ¿Me acompañas a cenar con estos dos gandules?" Y como a la ocasión la pintan calva, como decía Vito Nervio cuando sus enemigos le permitían un recurso salvador y escapaba de la muerte por un pelo, alegué que me esperaban en casa. Dije: "En otra oportunidad, con mucho gusto." Me despedí amistosamente de mis tres convidantes y, culpable como un ladrón de iglesias, tarareando la tonada aprendida con el Yate "Para ser carpintero de fama / hace falta ser buen bebedor..." me fui, libre y feliz y consciente de que detrás mío dos genios quedaban a merced de Mari.

La más grande
historia de amor

EL caso del polígamo de la colonia Roma se metió en nuestras vidas con la fuerza con la que un hecho insólito puede poner las cosas de cabeza y cuestionar ya no digamos la eficacia sino la existencia misma del supuesto orden que, llámese mandato superior, contrato social o desarrollo de la humanidad, dicen que rige la vida de los humanos.

Julio Bermejo Castellón tenía cuarenta y dos años y una tlapalería de la que comían cinco familias. Eso era todo. Sencillamente, el hombre se había casado cinco veces. Según distintos periódicos, cada uno a cargo de su propia investigación (además, obviamente, de las dominantes instancias policiales), en esas espurias uniones el polígamo procreó entre trece y quince hijos, muy de acuerdo con las estadísticas mundiales, con leve predominio del sexo femenino.

Nuestra colonia no hablaba de otra cosa. De repente se interrumpían las discusiones sobre las masacres de ida y vuelta entre Israel y Palestina, la industrialización mexicana promovida por el presidente López Portillo, la defensa de los derechos humanos usada como bandera por el presidente estadounidense Carter y la matanza de opositores impulsada en Argentina por el presidente de facto Videla.

De un día para el otro y por las pistolas del cuarto poder lo prioritario era desentrañar qué pasaba dentro de la cabeza de Julio Bermejo Castellón, qué onda con su exagerada vida, cómo se las arreglaba para convivir con cinco mujeres, interrogante ramificado en profusas variantes: 1) económicas: ¿quién, que no sea por lo menos diputado, puede mantener a cinco familias?; 2) amorosas: ¿era el sujeto un supermacho?, ¿tenía el pirulí de oro?, ¿moriría en el intento?; 3) de uso del tiempo: ¿cómo se repartía, en una ciudad donde hacen falta dos horas para simplemente atravesarla?; 4) jerárquicas: ¿cuál sería su casa grande y cuáles sus casas chicas?; 5) otras; y, en síntesis, ¿a qué le tiraba JBC con semejante proyecto de existencia?

Realicé una rápida encuesta entre algunos conocidos y obtuve las siguientes respuestas:

RAMIRO: El tipo tiene vocación matrimonial y cumple con ella, pero como las mujeres mexicanas no lo satisfacen, cosa por cierto perfectamente comprensible, sigue en la búsqueda, intenta encontrar la calidad en la cantidad.

YO: ¿Cómo la calidad en la cantidad?

RAMIRO: ¿No leíste a Carlos Marx?

YO: No.

RAMIRO: Marx lo analiza en la economía. Dice que un determinado modo de producción crece en cantidades, pero llega un momento en que la acumulación de cantidad produce un salto en la calidad y es entonces cuando el modo de producir y la sociedad cambian. Bermejo hace lo mismo. Acumula cantidad porque quiere mejorar la calidad. Debe ser un marxista ortodoxo.

CHAPARRO GOITÍA: Ese hombre malinterpreta los privilegios, los deforma y los convierte en mandamientos. Seguramente se enteró de que le tocan nueve mujeres y debe haber creído que debe casarse con todas.

Ratón Miguelito Farfán: Me ofrecieron una muñeca inflable *made in USA*. Sirve para lo que debe servir y no regaña ni protesta ni te manda a comprar las tortillas.

Profesor Zurrieta: "El amor se reinventará cuando se rompa la infinita servidumbre de la mujer."

Yo: ¿Eso qué es?

Profesor Zurrieta: Rimbaud.

Yo: ¿Y qué quiere decir?

Profesor Zurrieta: Lo que dice.

Yo: ¿Hay que reinventar el amor?

Profesor Zurrieta: Sí. Y la vida.

Yo: ¿Quién es Rimbaud?

Profesor Zurrieta: Fue un visionario, un profeta, uno de los mayores poetas que han existido.

Yo: ¿Tiene todas las respuestas?

Profesor Zurrieta: Todas no, pero tiene varias importantes.

Yo: ¿Qué respuesta tendría para el polígamo de la Roma?

Profesor Zurrieta: Para el polígamo...

Yo: Sí, para el polígamo. Cuando otros polis, los de la CÍA, no le hablen de servidumbres femeninas ni le propongan reinventar la vida, pero en cambio lo acusen y afirmen que es él quien violó la ley, y que él es quien incurrió en bigamias, reiteradas... entonces, ahí, contra las cuerdas, olfateando el tehuacán con chile, qué salida le ofrecería el poeta, qué respuesta encontraría Julio Bermejo en la sabiduría de Rimbaud...

Profesor Zurrieta: "Yo es otro."

Yo: ¡?

Marcela: Debe estar loco.

Mamá: Está loco.

Señora Goitía: Loco perdido.

Yate: ¡Cinco mujeres! ¡Pobre tipo! Le conviene quedarse en el reclusorio. Ahí va a tener un poco más de libertad.

"Creo en la familia", decía Bermejo Castellón y sólo conseguía aumentar la furia de los buenos padres monógamos, las condenaciones en cada sermón dominical de la parroquia de Santa Rosa de Lima, las presunciones de locura de la gente sensata y, por sobre toda otra sensación, el estupor, el asombro sin límites que su conducta inspiraba a los demás.

—Es como Luciano Elvira, pero al revés —declaró mi padre un domingo al mediodía.

Comíamos ravioles con estofado, típico plato argentino adoptado como propio por los italianos. La mención del hombre más novio de General Viamonte provocó bromas entre los adultos y juegos de palabras con los nombres, obvios porque la novia de Luciano Elvira se llamaba Elvira López, gastados porque los hijos los heredaban de sus padres, inevitables al parecer, dada la pereza mental de los graciosos. Y más bromas, porque la situación llevaba treinta años sin modificarse. A mí se me mezclaron los protagonistas masculinos —Luciano Elvira, Julio Bermejo Castellón, el que suscribe— y, durante el tiempo invertido en devorar diez ravioles, me encontré de visita los fines de semana en casa de Nelly Manella, llevándole flores a Mariana Zaldívar, paseando el perro de Norma Glisanti y del brazo por la plaza con Marcela Covarrubias. La verdad, la verdad, ¡cómo le haría ese Bermejo!

La historia de Luciano Elvira no la escribió Shakespeare porque no se animó, decidió entrarle a algo más sencillo y así nació la leyenda de los amantes de Verona. Dos veces por semana, con funciones nocturnas de miércoles y sábados, el teatro de la vida irrumpía en la vereda ubicada calle de por medio y frente a nuestra casa. Amorosa, dramática, farsesca, épica, ridícula, trágica, imposible según el parecer de polémicos espectadores, la realidad nos ofrecía retazos de una historia que humillaba a la imaginación. No veíamos nada, ya que la luz de la esquina, buena para la celebración de congresos de escarabajos y otros insectos voladores, no llegaba hasta nuestro puesto de observación. Sin embargo, de a ratos pasaba un coche y sus chorros luminosos revelaban la presencia de un ajeno en la cuadra. También revelaban a los espectadores, ya que en esas noches, ninguno de los habitantes de nuestros cien metros enfrentados se resistía al embrujo de la empecinada observación del firmamento. Las voces cruzaban la calle, o mejor dicho lo hacían la voz y la risa del hombre, porque en lo que a la mujer se refiere, ella no hablaba nunca, y en caso de hacerlo, el hecho aparecía diluido entre las sonoridades masculinas, rodeado de tanta discreción que resultaba imposible oír una palabra. (Al día siguiente las comadres circulaban sus informes: "Ella le dijo que o se casan o se va a matar." "No. Ella le dijo que o se casan o lo va a matar."). El novio, en cambio, se comunicaba con el exhibicionismo de un coronel de caballería y su voluminosa superficie brillaba al contactar con los faroles que, de rato en rato, confirmaban su persistencia en el lugar. Nuestra capacidad de observación era recompensada con el descubrimiento de la rutinaria novedad: Luciano Elvira visitaba a Elvira López.

La pareja llevaba ya cerca de tres décadas, o tal vez cerca de trescientas décadas, de hacer lo mismo. Miércoles y sábados, en el banco de la vereda de enfrente, en veranos, otoños, primaveras, y quizá también en lo más crudo del invierno. (Podía uno imaginar sus conversaciones bajo lluvias torrenciales, "verlos" convertidos en estalagmitas por las heladas: una silenciosa columna blanca y otra que no pararía de vociferar y de reírse, desmadejado por vientos furiosos el rodete que aprisionaba los cabellos de la señorita, emergente la calva del caballero sobre la roja lava arrojada por un volcán desde la cordillera de Los Andes.) La estampa nos confrontaba con el vértigo que todo ser pensante ha sentido al tratar de comprender el tiempo. Cuando nosotros no existíamos, Luciano ya estaba ahí. Tal vez ahí seguiría cuando hubiéramos muerto. La idea de que el mundo había nacido para celebrar nuestra presencia perdía fuerza. El asunto devenía tan asombroso como deprimente.

—¿Tú crees que Luciano seguirá visitando a la pobre Elvira? —investigó mamá.

—¿Por qué pobre? —investigó papá.

—Frase que, en el inolvidable idioma nuestro se pronuncia así: ¿Vos creés que Luciano etc. seguirá etc. a la pobre etc.? —beligeró Ramiro.

—¡Cómo va a ir a visitarla, si están los militares! ¡Pueden desaparecerlos a los dos por conspirar contra la patria, y desaparecer el banco como prueba del delito, y a todos los vecinos por participar en el hecho subversivo, quién sabe si al barrio completo! —traté yo de introducir un poco de raciocinio en la conversación.

—¿Nadie va a decir nada sobre los ravioles? —mi madre, que es mujer, tiene el don de los universos paralelos.

—¡De primera!

—¡Superiores!

—¡Excelentes!

—¡Fabulosos!

—¡Sensacionales!

—¡Maravillosos!

También los hombres tenemos nuestros dones, que serán oportunistas, acomodaticios, cínicos y otras malas vibras que se antojen endilgarles, o serán prácticos, inteligentes, adaptados a las condiciones, amén de X virtudes apreciables por observadores dotados de sociabilidad con sentido positivo.

Mientras nos servíamos una segunda ronda, compitiendo por los ravioles y el estofado, y además por quedar bien con la cocinera, la conversación siguió con la explicación de que cómo no iba a ser una pobre mujer la pobre muchacha esa pobre Elvira, si había visto volverse calvo y panzón a su novio y le soportó la risa de Santa Claus durante la mayor parte de su vida, y acaso mi padre no se daba cuenta de que la sensibilidad de una jovencita merecía algo mejor que el plan de envejecer cuidando un matrimonio pospuesto de aquí a la eternidad.

Serio discurso que amenazó con afectar nuestra devoción por los ravioles y que se circularizó cuando mamá —en correcto argentino, para satisfacción de su hijo mayor—, regresó a "¿Por qué decís que Bermejo es como Luciano al revés?" Y el jefe discurseó sobre fundamentalismos de signo contrario, en los que tal buscaba la apoteosis del uno en los muchos y cual quería encontrarla en la negación del uno a través de su perpetuidad.

—Menos mal que Luciano no se encuentra entre nosotros —agregó Ramiro, mientras capturaba el último raviol de la difunta fuente—, porque si estuviera sentado acá, hubiéramos muerto todos de hambre.

Tal giro, impuesto por mi hermano, sacó la conversación de los dominios del amor y el aparato reproductivo y la instaló en los más prosaicos territorios de la digestión. Con lo que pasamos a la segunda de las peculiaridades de nuestro coterráneo: negado a las mediocridades, nacido para los excesos, auténtico hombre *Guinness* de las pampas, Luciano Elvira no sólo era el sujeto más novio del pueblo, también era el más tragón.

En casa solíamos escuchar sus anécdotas:

—Luciano Elvira se hizo preparar una copa de un kilo y medio de helado y se la comió mientras jugaba al ajedrez.

—Luciano Elvira se comió un cabrito en el asado.

—Luciano fue al hipódromo en Buenos Aires, era verano y hacía un calor espantoso, entonces, llamó al heladero y le dijo "quédese al lado mío". Se comió ciento cincuenta barritas de helado cubiertas de chocolate.

No eran tiempos en los que un niño dudara con facilidad de la palabra de su padre; tampoco me había enterado aún de que alguien pudiera contar una historia sin exagerarla. Así se construía el mito.

—¿Pero por qué Luciano Elvira no se casa?

Alguien terminaba siempre por hacer esa pregunta.

Las respuestas, de finales abiertos y en suspenso, sólo podían aumentar las dudas.

—Tal vez nunca lograron hacer un presupuesto que incluyera los gastos de comida del varón de la casa.

—Quizá para la novia resultó insoportable la idea de llamarse Elvira López de Elvira.

—Es un misterio.

—Lo más probable es que quién sabe.

Mucho amor en la vereda, demasiada manducación, excesivos matrimonios... nada ligaba los excesos de Luciano y los de Julio. Nada, excepto el exceso mismo: la terquedad puesta al servicio de ser distintos, no una vez ni dos sino siempre y por definición. Dos hombres viviendo a su aire, fieles a un destino manifiesto y a una elegida identidad, creando su propia legalidad al margen del rebaño. Rebeldía total y total autodeterminación. Algo para pensar, sin duda.

Los periódicos insistían, buscaban más esposas en el currículum de Bermejo, más morbo y más truculencia en los misterios de Castellón. Más lectores atrapados y más ventas. La poligamia era un delito, pero nunca sería tan grave como un buen homicidio con su viscosa sangre derramada. "Engañola, desposola y 'bigamiola' " jamás podrían competir con la contundencia de "violola, matola y descuartizola". Para adornar la historia se imponía quitar del medio a Luciano Elvira y reemplazarlo por Jack el Destripador. Los mórbidos "objetos" femeninos, el deseo turbio, la personalidad desviada, el mito del harén, la perversidad de Sade, las truculencias de Landrú, todo servía para que imaginativos periodistas ahondaran en los "verdaderos e increíbles móviles" ocultos tras una adicción al matrimonio.

El caso se disparó cuando Julio Bermejo Castellón se fugó del reclusorio. Con una treta vieja, ya usada por anteriores evadidos, el polígamo se escondió en uno de los carritos de lavandería donde se juntaba la ropa sucia que después se limpiaría en un local cercano. Así salió del reclusorio y desapareció. Se presumía que el prófugo había comprado complicidades. Dos guardias se hallaban detenidos y sometidos a interrogatorios. Las autoridades confiaban en un rápido esclarecimiento de los sucesos y la igualmente pronta recaptura del criminal.

Exitosas investigaciones realizadas por el periódico *La Verdad* permitieron asegurar que el primer marido de México tenía otra esposa en Chihuahua, donde seguramente se hallaría escondido. La estación de radio *Cuatro Equis* aseguró que el susodicho noviaba en Campeche, donde ya se había fijado fecha para una nueva boda, a la que estaban invitados el jefe de la policía y el gobernador del estado. Una revista le atribuyó matrimonio con una actriz de Hollywood, contraído por Bermejo bajo el seudónimo de Gary Wayne. Una marca de whisky empezó a llamarlo JB Castellón y a usar sus iniciales para anunciar el brebaje:

—"¿Qué bebe JB Castellón... que ninguna mujer se le resiste...?

—¡Bebe JB!

—¡Usted también, como JB, puede matarlas de amor! ¡Beba JB!, y... ¡Feliz noche!"

—Ya lo dijo Marx —me explicó Ramiro—. ¿Lo leíste?

—No.

—En el capitalismo todo se convierte en mercancía.

—Deben estar locos —dijo Marcela.

—Están locos —aclaró mamá.

—Locos de remate —precisó la señora Goitía.

Dos semanas después, cuando el asesinato a machetazos del director de la Comisión Nacional de la Industria Azucarera y de su esposa (cometido por el nieto de ambos, quien, aunque fingía demencia, actuó guiado por crudas motivaciones económicas) desplazó de los titulares al modesto fundamentalismo de Julio Bermejo Castellón... Cuando ni en Hollywood, ni en Campeche, ni en Chihuahua, ni en la Roma ni en ninguna parte JBC volvió a ser visto ni hubo más noticias de su poligamia... Cuando de nuevo israelíes y palestinos —piedras y niños van, misiles y masacres vienen— se liquidaban en su conflicto interminable... Cuando otra vez Carter preguntaba por los derechos humanos y Videla respondía que los militares argentinos eran derechos y humanos, mientras intentaba esconder bajo la alfombra las huellas de treinta mil desaparecidos... Una mañana de sol en la que de casualidad pasaba yo frente a la casa de Marcela Covarrubias, a dos pasos del domicilio de la bella, en el blanco muro de la vivienda vecina, volví a encontrar uno de esos carteles escritos con infaltable tiza roja:

"JB es un AE."

Y más adelante otro:

"JB no bebe whisky.
Triunfa con las mujeres porque
como los hijos del éxito,
JB es un AE."

¿De qué se trataba... quiénes eran los AE... qué función cumplían esos carteles?... Ni lo sabía ni me importaba, es decir, si es que la curiosidad no implica cualidades de importancia. Cada hombre tiene tareas que cumplir en la vida. Unos se dedican a comer y a noviar, otros a casarse con cada mujer que se les cruce. No sé si mi ocupación, mi oficio, esta misión, las rondas por las cercanías de esta casa, me verán volverme anciano. Persistir en lo mío hasta el final. Debe haber gente pa'todo, sin duda. Y bueno, a mí me gusta este barrio, me cae bien esta calle, la gente que vive por acá, una muchacha...

La carabina de Zapata

1

LOS galeotes trabajamos como psicoanalistas: casi una hora de labores y escasos minutos para compartir novedades, alborotar el patio, buscar novia y prepararnos a soportar la clase siguiente. Si el Ratón Miguelito lo supiera no invertiría el recreo más largo de la mañana —no sólo el suyo sino también el mío— en tareas de reclutamiento.

—Tu lugar está junto a los más chidos exponentes de la secundaria Alfonso Herrera.

Las palabras de mi amigo me recordaron lo difícil que a veces puede ser encontrar el lugar que a uno le corresponde, especialmente cuando se tiene un pie en México y el otro en Argentina.

—Los Amorosos Exterminadores —susurró el Ratón Miguelito con la cara más misteriosa que se podría encontrar en toda la escuela.

Por un instante olvidé a Marcela; una pelota pasó cerca mío sin merecer una patada.

—¿Eso qué es?

El Ratón se infló hasta parecer canguro, sonrió sin abrir la boca y cabeceó hacia una leyenda escrita con tiza roja en la pared más cercana del patio.

"Alégrense mujeres, ya llegan los AE."

Los AE, recordé y, a medias, comprendí.

—Entonces... todos esos carteles...

—Mercadotecnia, mi socio. Misterio para crear el interés.

—¿Qué son los Amorosos Exterminadores?

—Nuestra logia, mi estimado Che.

En la escuela me apodaron el Che. Como si me llamaran Príncipe de la ciudad: ¡Diez puntos! Con mi tío Rafael hablamos mucho sobre el Che Guevara. Mejor dicho él habló, yo pregunté, me entusiasmé, sufrí con su cacería y llegué a la conclusión de que Guevara fue un genio. Un mago capaz de transmutar a un médico asmático en guerrillero heroico. Así como hay sabios que se inyectan virus para descubrir la penicilina, y buzos que violentan sus pulmones para encontrar tesoros en el fondo del mar, el Che investigó las vetas existentes en el terreno del esfuerzo y la generosidad entre los seres humanos, se usó a sí mismo de cobayo y dejó un ejemplo imborrable para los espectadores. Aunque, conviene aclararlo, su legado puede pesar más que la piedra del Pípila sobre los actores.

Con el tocayo la llevamos de manera tranquila. Ni a mí se me ocurre compararme con él ni tengo edad para rendirle un informe de actividades. Desde lejos, me quito el sombrero ante su boina; al pie de su mirada insobornable, brindo a la salud de su modelo. Sobre Guevara sé lo necesario y no tengo dudas; sé más sobre mí, pero las dudas no se acaban. Opinar sobre otros es fácil —Ernesto Guevara, con su fusil, fuma un puro en el cielo; el general Videla arderá en el infierno con su Biblia—, y es difícil evaluar al que suscribe. Yo, por ejemplo, a veces creo ser el peor de todos, el acto más fallido de la naturaleza, un patético error antropológico, una especie de forúnculo en el rimante culo de la humanidad. Sin embargo, esa costumbre de poner la cabeza para que ahí den los palos —quizá por ser de familia, por la costumbre de acompañarme desde que fui atacado por la espalda en la sala de partos, abrí los ojos y no necesité pedir el diario para saber que había llegado a un lugar muy conflictivo—... tal hábito de flagelarme, repito, no me impide moderar mis autocríticas ni, eventualmente, mostrar benevolencia para juzgar al remitente. Ya que aun en calidad de alimaña debo poseer algo apreciable, y en realidad no soy tan mala gente y peores sujetos andan sueltos. Me reconozco alguna inteligencia, no creo ser el más cobarde de la cuadra, luzco pasablemente guapo, y es posible que las mujeres decidan amarme y los hombres me aplaudan y nunca jamás nadie en toda la tierra olvide mi leyenda. Quizá mañana me quemen en el zócalo; quizá yo haga la revolución planeada por el Che. En fin, como dicen por acá, lo más probable es que quién sabe.

Todos me llaman Che y me explican que México es superior a Argentina. Yo, en cambio, los llamo por sus nombres —Chaparro Goitía, Lagarto Benavídez, Barbie Ledesma, Maravilla de la creación Marcela Covarrubias, Ratón Miguelito Farfán, etc.— y trato de inculcarles las superioridades australes. Al no tratarse de una polémica con Ramiro, puedo cambiar el caset y darle un descanso a la diplomacia. Ellos dicen carnitas y yo digo asado; yo digo Maradona y ellos Hugo Sánchez; ellos dicen Pedro Infante y yo Gardel; yo Mar del Plata y ellos Acapulco; ellos las ruinas prehispánicas y yo la cordillera de los Andes... nos peleamos un rato y nos amigamos para siempre, es decir, hasta la próxima discusión.

Permanecí expectante. Siempre sentí atracción por las sociedades secretas. Ahora una de ellas venía en mi búsqueda. Parecía lógico encontrarla lejos de mi tierra.

—Los Amorosos Exterminadores cumplen dos misiones principales: primera, y con excepción de las feas, ligarse a todas las viejas; segunda, pasar por encima de cualquier varón que obstaculice sus designios —explicó un serio Ratón.

Quedé un poco decepcionado, porque para mí logia era evocación de pasadizos secretos, espadas cruzadas y sonoros juramentos, y por mis pensamientos rondaban los Caballeros de la Mesa Redonda, los Hermanos de la Costa y la Logia Lautaro, donde (y cuando) Bolívar y San Martín se rebelaban contra la madre patria, que no nos parió, pero bien que se quedó con nuestra alcancía, hasta que Lautaro y otros patriotas la corrieron de la casa.

—Suena interesante —dije, dándome chance para conocer mejor la propuesta.

Asunto postergado. Venus bajó del Olimpo y la luz se hizo sobre dos mortales.

—Hola, chicos —dijo Marcela.

—Hola —dijo el Ratón, mientras yo entraba al crematorio y mi boca emitía unos carrasposos sonidos preverbales, nada desconocidos para este conosureño y fatalmente vinculados al contacto con las diosas.

Me pasaba con Mariana Zaldívar, hace mil años, cuando era yo un amante novato. No sé por qué me pasaría ahora y con otra mujer. Probablemente fuera el esmog.

—¿Qué creen? —dijo la diosa.

—¿Qué pasó? —respondimos a dúo.

—Al maestro Zurrieta lo van a desalojar y se quedará en la calle.

Zurrieta era un hombre bonachón, profesor de literatura con un estilo propio de enseñanza, nunca preocupado por hacernos estudiar en qué año nació un poeta ni quién reinaba en España cuando se publicó el Quijote. Sus pruebas consistían en una cuartilla escrita sobre la frase "Ser o no ser, esa es la cuestión." "No me interesa verlos coleccionar datos, sino que aprendan a pensar", nos decía.

Además de ser el adulto más simpático de la escuela, Zurrieta era uno de los más pobres. Tenía cincuenta años y desde los veinte escribía una novela. "Todavía es muy mala y, en este mundo donde tantas cosas faltan, por una curiosa ley de compensaciones, la mala literatura sobra. Debo corregir mucho antes de publicarla", explicaba. Con ese ritmo de producción, y cobrando salario de maestro, no se veía rara su pobreza. Sin embargo, una cosa era verlo siempre con el mismo saco y otra distinta que se quedara en la calle.

—¿Cómo sabés?

—Lo sé porque Tulio Díaz, el padre de mi novio, lo va a desalojar.

Espesas tinieblas descendieron sobre el patio de la escuela.

—¿El padre... de tu... novio?... —balbuceé, mientras consideraba opciones de futuro. Tal vez los Amorosos Exterminadores deberían esperar mi regreso de la Legión Extranjera.

—Sí. Tulio Díaz, el abogado, padre del descendiente de Porfirio Díaz con quien mis jefes han decidido casarme.

El Ratón silbó entusiasmado:

—¡Los Díaz de la casota de Mazatlán!... ¡Ésos tienen muchísimo dinero! Sin embargo, aunque estudia en el colegio más caro de México, el hijo es un tarado. ¿¡Con ése te vas a casar!?

—Yo no me voy a casar con nadie —aclaró una firme diosa—. Los interesados son mis padres. ¡Que se casen ellos con Filemón Díaz! Yo estudiaré física y voy a ser astronauta.

Una luz en el túnel, del tamaño de un grano de arroz o de la incalculable dimensión de los sueños. Fui hacia ella.

—Pero vos sos muy chica para casarte. ¿Cuántos años tenés?

—Catorce, como tú. Aprende a hablar en español, Che. Es que mis padres están locos. En su profesión de escribano mi jefe conoció a Tulio Díaz y vaya a saber por qué motivos se hicieron amigos. Tomando copas en la cantina *El Centenario* "decidieron" unir sus familias. Calcularon que dentro de diez años Filemón se recibirá de abogado y que entonces, a mis veinticuatro años, cuando yo también sea abogada, porque ellos deciden todo, Filemón entrará como socio en el estudio de su padre y yo me casaré con él.

—¿Y el desalojo? —lo importante para mí era seguir hablando con Marcela; otra cosa interesante sería la desaparición del Ratón Miguelito.

—Zurrieta vive en la mansión embrujada. El dueño se llama Torres. Olegario Torres quiere desalojarlo, pero Zurrieta no se va. Y como Tulio Díaz es abogado de Torres, él se ocupa de correrlo. Lo acusaron de causar destrozos en el inmueble y de ser comunista, convencieron al juez y ya está por salir la orden de desalojo. Me lo contó Filemón, un tipo tan romántico que sólo habla de los juicios del estudio.

—¡Pero cómo! ¿A un inquilino se lo puede correr por ser comunista?

—No pero sí, una cosa son las leyes y otra las personas.

Dos situaciones me taladraban el cráneo.

—¿Entonces, vos te ves con Filemón?

—Alguien cree que es mi novio y, aunque me irrite los ojos, de vez en cuando debo verlo. Pero trátame de tú. Aprende a hablar, Che. ¿Quieres que te dé clases?

Sí, quería. Esa era la tercera situación. Y aunque por el momento debía volver a la segunda, tal vez pudiera combinarlas.

—¿Qué es eso de la mansión embrujada?

—¿No conoces la historia?

—No.

—¿Quieres oírla?

—Sí.

2

Los dioses trabajaron eficazmente: no supe cómo lo hizo pero el Ratón Miguelito desapareció. Un oasis creció en el patio de la escuela. El sol jugaba en unos cabellos color miel, encandilaba desde unos ojos cafetaleros. La mujer más bella de la Tierra desgranaba palabras y sonrisas, ¡para mí! Imaginé un momento interminable, tipo juegos de Einstein, *2001 Odisea del espacio*, o algo así. Magia pura. Blanca y de colores. De la que no se puede, pero a lo mejor sí, y es imposible aunque, primero Dios, no. Apliqué un truco para hacerlo: salté en el tiempo. Por encima de las riesgosas aventuras que signarían mi juventud, pasé al final feliz: ya la causa del bien había triunfado y los merecidos premios a mis afanes eran, primero, salvar el pellejo y encaminarme con paso firme hacia mi centésimo cumpleaños; segundo, conseguir un cofre rebosante de monedas de oro —para siempre resueltas mis necesidades económicas—; tercero, conquistar al amor de mi vida. Ya la había besado y abrazado un millón de veces, incluso había ya superado los abismos y esplendores del amor sexual. La escena nos encontraba en descanso y sin necesidad de probar nada, ni valor frente al peligro ni dominio del arte de amar a la hora de acostarse. (Recomiendo una luna redonda en la ventana, perfume de gardenias, música romántica y un Titán de grosella muy frío para cada quien.) Tocaba, entonces, dejarnos llevar por el eco de nuestras hazañas, tranquila y tiernamente platicar y pasarla bien, sumergidos en la felicidad que nos duraría eternamente.

—¿Me escuchas, Che?

—Sí, claro, Marcela —salí de sus ojos y puse mi rostro de concentración.

—Pregunto porque pareces estar en otra parte. Te decía que hay una leyenda sobre la mansión, en la que nadie cree, por supuesto, aunque por las dudas todos prefieren pasar por la vereda de enfrente.

Contame, mi amor.

—Cuéntame.

—Ves cómo aprendes a hablar. Se trata de la casa de Tamaulipas y Vicente Suárez. Y es un tremebundo relato de fantasmas.

—Los fantasmas me hacen los mandados.

—Tampoco exageres tu mexicanidad —su sonrisa iluminó la mía—, no necesitas convertirte en Pancho Villa. Pero déjame contarte. El caso es así: hace años, en la carretera de Cuernavaca al DF, un automovilista recogió a una muchacha que pedía auxilio. Ella estaba muy conmocionada, con la ropa en desorden y manchas en la cara. Se llamaba Graciela y le contó de un accidente fatal: el coche donde viajaba con su amiga Lucy se desbarrancó, Graciela alcanzó a saltar, rodó unos metros y fue detenida por un providencial tronco. Vio estrellarse el coche al fondo del barranco y salió al camino a pedir socorro. Pese al ahogo en ciertos momentos y al llanto en otros, propios de quienes han visto de cerca la muerte, el relato de la muchacha mantenía coherencia. El automovilista se ofreció a llevarla hasta su domicilio y Graciela se hizo transportar a la esquina de Tamaulipas y Vicente Suárez. Allí se quedó, en la mansión situada frente al mercado de Michoacán. Aunque en el lugar no había nadie, la muchacha dio explicaciones razonables. Sus padres debían estar con unos parientes, cerca de allí. Graciela los llamaría por teléfono. Aseguró encontrarse mejor y convenció a su compañero de viaje de que no habría problemas. Fin del primer acto.

Marcela tenía sentido teatral. Mientras hablaba, su rostro

adquiría la palidez de las heroínas de Edgar Allan Poe. La niebla avanzaba desde el fondo de sus pupilas. Probablemente quería impresionarme.

—El caso empezó un veinte de agosto. Un mes después, exactamente el veinte de septiembre, el automovilista, a quien llamaremos Señor X, se encontraba en el barrio. Al cruzar la calle Tamaulipas recordó el suceso y sintió curiosidad. Decidió detenerse, verificar que Graciela se hallara bien y saludarla. Así lo hizo. Llegó hasta la casona, tocó el timbre y fue atendido por una señora mayor, probablemente la madre de Graciela.

El Señor X dio su versión, preguntó por la muchacha a quien había transportado un mes atrás, y el misterio y el drama se desencadenaron. La señora rompió a llorar. Efectivamente, era la madre de Graciela, de su pobre hija Graciela, muerta en un accidente diez años atrás, un veinte de agosto, cuando regresaba con una amiga suya de un paseo en Cuernavaca.

Espesas nubes, color del mal negocio hecho por quienes cambiaron transparencia por plomo, tapaban el sol; el aire alborotaba los cabellos y escondía los ojos de Marcela. Aunque los fantasmas me han hecho siempre los mandados, no fue fácil sonreír. Me ayudó una frase usada por adultos de mi tribu a propósito de ciertas consultas sobre el mundo mágico: "Busca la magia en la realidad, no en cuentos de vampiros". Salí del trance juguetonamente:

—Espero que vos no seas un fantasma.

—¿Por-qué-Che? —articulada lentamente, la voz amada sonaba extraña, como si llegara de lejos, deformada en corredores de ultratumba.

Porque no pienso enamorarme de una muerta, pensé y dije:

—Me gustas viva.

Marcela soltó una carcajada.

—No te asustes. ¿Qué te pareció el cuento?

—¿Y Zurrieta vive ahí? —interrogué, pensando en la caída de la noche en un espacio donde pisos y muebles crujían y en cada sombra crecía una amenaza.

—Es pobre y no ha podido elegir. Paga poco porque, a consecuencia de las fantasmagorías, ya nadie quiso habitar en esa esquina. Lo malo es que ahora al profe Zurrieta quieren dejarlo en la calle.

—Debemos evitarlo.

La diosa sonrió, como acostumbran hacer las diosas con los héroes; después me miró alarmada, estilo chava de catorce años con abundantes reservas sobre la heroicidad que se le ofrece.

—¿Cómo?

¿Cómo? No tenía la menor idea.

—Tengo un plan —dije.

3

Aunque mi plan consistía en poner el problema a discusión entre los Amorosos Exterminadores (sería una buena manera de aceptar la invitación recibida), y confiar en que alguien del grupo tuviera una idea brillante, no podía hablar con Marcela de una sociedad secreta concebida para ligarse a todas las viejas. Ni ella lo entendería ni yo podría soportar su rechazo.

Marcela me miraba expectante. En su ansiedad recuperé palabras de Rafael, mi principal maestro de vida: "Las mujeres esperan mucho de un hombre. Sin embargo, expertas en combinar fantaseos con pragmatismo, terminan conformándose, olvidan al Príncipe Valiente y aceptan empleados de comercio con la mitad de sus dientes. Quedarían todas solteras si no lo hicieran."

—¡Un plan... espero que no sea peligroso! —sus mejillas se arrebolaron; los deseos de besarla me secaron la boca; fuego y nieve bombardearon mis canales sanguíneos.

RRRIIINNNGGG, sonó el timbre. Fin del recreo. Nunca más oportuno ni mejor recibido.

—Después te cuento —le dije, y me sumé al lento caminar de los condenados a clase de química.

Dada mi ubicación en el aula, junto al Lagarto Benavídez, conspicuo miembro de los Amorosos Exterminadores, aproveché para pasarle un papel donde relaté las novedades y pregunté si se le ocurría algo.

—La carabina de Zapata —contestó el Lagarto, mientras Antimateria, apodo de la profesora de química, relacionado con su esquelética estructura, escribía en el pizarrón sus larguísimas e indescifrables fórmulas.

—¿Que qué? —me apuré a investigar.

—Zurrieta tiene la carabina de Zapata. Puede venderla y mudarse donde quiera —precisó mi interlocutor.

Me pasé la clase imaginándome al bonachón y enclenque de Zurrieta cabalgando junto al Caudillo del Sur en una carga de la caballería zapatista. Fracasé. También me dediqué a observar la nuca de Marcela, instalada tres bancas adelante de la mía, y hasta miré un poco los garabatos con que Antimateria llenaba el pizarrón.

Ya tenía qué decirle a Marcela. Mi plan sería llevar a Zurrieta al noticiero televisivo de la noche y ahí promover la venta en subasta pública de una joya histórica: nada menos que la carabina de Zapata. Su precio sería millonario.

Al salir de clases la busqué. Llegué a ella en el peor de los momentos: lejos de la fiesta de los galeotes liberados, su seriedad enfrentaba el escaparate dental de un sujeto de aproximados diecisiete años. Vestido como si pensara casarse en los próximos minutos, provisto de anteojos con armazón dorado y de una cabeza de huevo embadurnada con gel, sin quitar los ojos de Marcela ni dejar de sonreír, el tipo sostenía la puerta abierta de un enorme coche.

Recordé una palabra conocida en México: *junior*, y adiviné que ante mí estaba Filemón Díaz, descendiente de Porfirio Díaz, el general oaxaqueño que primero brilló en la guerra contra los franceses y después se quedó treinta y cinco años en el sillón presidencial. Contra él peleó Zapata. Sugestivos paralelos me visitaron: casi un siglo después, el abogado Tulio Díaz, heredero del dictador, agredía al profesor más buena onda del colegio. Y Zurrieta sólo contaba en su defensa con la carabina de Zapata. Y con su gente, es decir, nosotros. La heroína del drama se hallaba dividida entre presiones familiares por un lado y sus lealtades verdaderas y la decisión de ser astronauta por el otro. También, claro está, por la fuerza del amor, que, si bien desconocido para ella, había llegado del fin del mundo y rondaba inquieto sus orillas.

Sin verme, aparentemente sin ver nada, como si una burbuja de cristal la separara de la vida, Marcela subió al coche.

El hombre que reía cerró la puerta, dio la vuelta al coche, entró, lo puso en marcha. La más negra de las nubes se detuvo encima mío, después bajó. La idea de morir dentro de ella me hizo sentir mucha pena por mí.

4

Cuando los profesores salieron yo todavía andaba por ahí, aplicado a observar las muchedumbres que, lejos de las amarguras de los amores mercenarios y los matrimonios por conveniencia, circulaban gratis por el mundo. Zurrieta apareció entre un grupo de maestros que rápidamente se desparramó, unos a pie y otros en busca de sus automóviles. El profesor caminó hacia el Parque España y dobló hacia Tamaulipas. Fui detrás suyo. Cruzamos Juan Escutia y Montes de Oca. La próxima calle era Vicente Suárez. Allí él entraría en su cueva y yo no le habría dicho una palabra.

Alta para ser de una planta, más arruinada que antigua, de un verde aguado por las lluvias, tan excesivo parecía suponerla embrujada como llamarle mansión a esa tapera. Al llegar a la puerta de entrada, Zurrieta se dio vuelta y me miró. Yo me detuve. Él sonrió. Hice lo mismo. Con una seña me llamó. Ya descubierto, no tenía sentido fingir. Sí lo tenía encontrar razones para justificar mi presencia en el lugar.

—¿Te pasa algo? —investigó el profesor.

—No.

—¿Necesitas algo?

—No.

—¿Vives cerca de aquí?

—En Atlixco. Allá, a la vuelta.

Zurrieta me invitó a tomar agua de limón y entramos en la mansión embrujada. Apenas puse un pie adentro la vi: bajo la luz que entraba por la puerta abierta, colgada en la pared estaba la 30–30. Olvidé al profesor y me acerqué a mirarla. Era un fusil antiguo, pero en buen estado. Las partes metálicas brillaban, y eso hablaba de cuidados permanentes. Había una inscripción pirograbada en su culata: *Emiliano.* Entre realidad y leyenda, quedé paralizado. Era como enfrentar la espada Excalibur, la calavera de Nostradamus, a Claudia Cardinale fuera de la pantalla.

—¿Bella, no? —dijo una voz detrás mío, mientras la puerta se cerraba y nos rodeaban las penumbras.

No creo haber respondido. Zurrieta continuó:

—Perteneció a Emiliano Zapata. Llegó a mis manos rodando de coleccionista en propietario, por obra en buena medida del azar.

Escuché el informe. En su lecho de muerte, un amigo de Morelos le pidió guardarla. Su único hijo y heredero no le inspiraba confianza. "La venderá en cuanto pueda. Ha salido muy ambicioso y poco patriota." Menos aún confiaba el moribundo en las autoridades del municipio, y entre sus conocidos, Zurrieta era la única persona capaz de respetar el arma.

—El legado recibido por mí fue impedir que caiga en manos de gente únicamente interesada en su valor monetario. He pensado que un museo sería su destino natural. Es una reliquia y, como tal, pertenece al pueblo mexicano.

Encontraba razonable esa parte del discurso, menos lo era que si Zurrieta pensaba donarla a un museo, aún no lo hubiera hecho. Investigué y fui informado de las manías del profesor. Entregar la carabina a la nación estaba decidido, pero le costaba desprenderse de ella. A veces la sentía suya; otras, imaginaba en el arma virtudes protectoras. Así se le había ido el tiempo: seguro de lo que haría y sin ocuparse de concretarlo.

De acuerdo con lo dicho por el profesor, la subasta televisiva podía considerarse desechada, sin embargo, y por no dejar, oblicuamente, la mencioné. Al fin y al cabo era mi plan.

—¿Le han ofrecido comprarla?

—Sí, me han hecho ofertas. Precisamente mi casero, quien ahora quiere desalojarme, ha insistido en la existencia de coleccionistas que pagarían un alto precio por la reliquia. Yo me he negado, pero él no renuncia. No dudo de que vaya tras una jugosa comisión. Torres, tal es su nombre, intenta extorsionarme: si la vendo ganaré buen dinero y él olvidará el desalojo; si no lo hago, me pondrá en la calle. ¿Te das cuenta, muchacho? No hay límites para la torpeza de alguna gente. Pero indirectamente el chantaje ha sido positivo: mañana mismo me entrevistaré con funcionarios del gobierno y la carabina de Zapata pasará a un museo.

Me daba cuenta, en parte. También dudaba... En realidad, estaba simpática la carabina, pero ¿para qué podía quererla alguien?

Zurrieta me invitó a la cocina, donde conseguiríamos el agua de limón. Mientras el profesor llenaba los vasos, recordé a los fantasmas y observé las paredes descascaradas, las chorreaduras de humedad contra unos pisos mordidos por los años y el ámbito que, pese a ser verano y la una de la tarde, entristecía en la oscuridad. Una síntesis entre dos magias se instaló en mis adentros: el espíritu de Emiliano Zapata debía morar entre los muebles viejos, las plantas y el desorden de libros y papeles que cubría las habitaciones.

Todo cambió cuando Zurrieta corrió las cortinas y abrió las ventanas. El sol y el aire devolvieron la normalidad a una situación peligrosamente cerca del delirio. Me hallaba yo en una casa vieja donde vivía una persona pobre, eso era todo. Probé la limonada y la encontré exquisita.

—Quizá tú no lo sepas, eres chico aún y sobre el tema se habla poco, pero en el mundo de los ricos existe un inmenso mercado negro de arte y objetos valiosos. ¿Sabes qué es un mercado negro?

Lo sabía. Negro significaba ilegal, prohibido. Hablamos y supe más: piezas robadas en museos, iglesias y monumentos eran vendidas a coleccionistas privados, quienes pagaban grandes sumas sin preocuparse por la ilegalidad de sus acciones.

—Es tan absurdo ese tráfico que, dado el riesgo de ser delatado, a menudo el comprador no puede mostrarlas a otras personas —continuó Zurrieta—. Los objetos quedan en sótanos o en cajas de seguridad. Más que guardados, escondidos. Eso ha ocurrido, y ocurre, con muchas piezas arqueológicas robadas en las ruinas mexicanas.

—¿Con la carabina de Zapata puede pasar lo mismo?

—Si la vendo, sí —contestó Zurrieta—, por eso no debo hacerlo. Al Caudillo del Sur no le gustaría. ¿No crees?

Sí lo creía. Vi la hora en un reloj de pared y supe que mi comida humeaba en una cocina de la calle Atlixco.

Cada lugar tiene su fauna. Dentro de la mansión había fantasmas y afuera habían abierto la jaula de los monstruos. Junto a un coche negro, estacionado en Vicente Suárez cruzando Tamaulipas, tres engendros tamaño refrigerador clavaron en mí tres inquietantes pares de anteojos oscuros.

Estaban en mi ruta y se veía complicado eludirlos. Debería rodear la manzana para pasar lejos de sus anteojos. Me daba vergüenza hacer eso y, aunque no hacerlo me daba miedo, el miedo a ser cobarde fue más fuerte. Asombrado por el novedoso peso de mis zapatos, caminé hacia ellos con apacible naturalidad, en aplicación de una táctica propia de los enanos: si no tienes fuerza suficiente, finge tener el doble.

Cuando pasaba junto al coche, me llamaron: "Eh, tú, chavo." Un refrigerador sonrió oblicuamente y agregó: "Sí, tú, ven aquí."

Fui. ¿Qué otra cosa?

El hombre sonrió más. La oblicuidad de su gesto nacía y se desarrollaba en una cicatriz que le partía la mejilla izquierda. Por sus anteojos espejados vi asomar a un muchacho tan serio como el funebrero Zaldívar. Traté de imitar la sonrisa del refrigerado pero me dolió la boca. Pensé que había gente en los alrededores y no les resultaría fácil secuestrarme.

—Estabas con Zurrieta —no parecía una pregunta.

—Sí.

—¿Eres su amigo?

—No. Soy alumno.

Junto a la cicatriz y detrás de ella, dos máscaras de piedra quemaban cigarros. El jefe de la banda sacó un sobre de su saco y un billete de su pantalón.

—Llévale esto a Zurrieta, y toma veinte pesos para ti —dijo e hizo el hombre oblicuo.

Menos los veinte pesos, se veía todo mal. Y como cualquier cosa era mejor que seguir junto a esos maleantes —debían ser maleantes, ningún honrado vecino va por la vida con semejante aspecto—, tomé lo que me ofrecían y regresé por donde había venido.

El profesor me miró asombrado y le di las explicaciones pertinentes: "La carta se la mandan los hombres de ese coche", dije. Me di vuelta y señalé al vacío. Los hampones del coche negro se habían marchado.

—Son pistoleros —añadí.

Zurrieta puso una cara rara. Dijo "No, cómo van a ser pistoleros, debe ser otra cosa, no te preocupes. Vete a comer", y me dejó en la vereda.

Mientras me iba pensé en un coche no muy nuevo, con una placa del Distrito Federal muy nueva, y en las dificultades que presenta dominar los hechos cuando los hechos insisten en dominarnos.

5

La familia comía. Para justificar mi demora inventé ayudas a una compañera en la tarea. Todos pusieron cara de "Ya encontró de nuevo a la mujer más bella del planeta", y aunque así era, preferí no abundar sobre el tema.

Ramiro estaba furioso porque cuando Lupita le dio su dirección, agregó cuatro palabras: "Ahí tienes tu casa." Y en diversas oportunidades, al mencionar su domicilio lo llamó "Tu casa." "Ven cuando quieras a tu casa." Una vez dijo "Llegué tarde porque ayudé a mi mamá a limpiar tu casa", y en otras acumuló etcéteras vinculados a "tu casa." Esa mañana Lupita faltó a la escuela y Ramiro decidió visitarla. En la puerta fue obstaculizado por una madre provista del delantal de limpieza y una gruesa escoba en la mano derecha. Con su mejor sonrisa, mi hermano dio las explicaciones adecuadas:

—Buenas tardes, señora. Soy Ramiro, vengo a mi casa a ver a Lupita.

—Ni ésta es su casa ni Lupita está visible —fue la respuesta helada, seguida de una mirada peor y ciertos movimientos de la escoba que avivaron la paranoia de Ramiro.

—¿No está visible? —tartamudeó el frustrado galán.

—No.

—¿Se volvió invisible?

El silencio de la madre de Lupita se cargó con la elocuencia de diez discursos de repudio. Ramiro balbuceó algunas incoherencias y se retiró. De vez en cuando se volteaba para observar una situación que había adquirido la persistencia de las estatuas: la señora seguía en la puerta, agitaba la escoba y lo miraba como si quisiera barrerlo.

—¿Se dan cuenta...? No me dejaron entrar en "mi" casa —el relato provocó sonrisas de mis padres y un solidario consejo:

—La próxima vez no olvides tu escritura de propiedad.

Ramiro me miró con ganas de matarme, pero mamá interrumpió el litigio para dar una buena noticia.

—Dejemos eso. ¿A que no adivinan quién escribió?

—¿Claudia Cardinale?

—¿Maradona?

—El tío Rafael.

Gran alboroto. Había llegado una postal del Ciego desde Colombia. En las verdes riberas del Amazonas, entre orquídeas, guerrilleros, cocodrilos, paramilitares, vallenatos y narcotraficantes, Rafael buscaba esmeraldas. "No me hice rico, pero como a diario", decía. Prometía visitarnos en México. Mencionaba la carta enviada por mis padres a su dirección anterior, en Perú. Unos amigos se la hicieron llegar y así conoció nuestro domicilio. El suyo, actualizado, era así: "Colombia, en algún lugar de la cuenca amazónica." Sin embargo, aclaraba que podía recibir mensajes en el despacho de un brujo de Bucaramanga.

—El Ciego me va a enseñar a ver debajo del agua —la hermética frase fue pronunciada por Pepe, mientras dibujaba un pulpo con alas en una servilleta de papel. Apenas pisó México, mi hermano menor olvidó su adicción a las escapadas y se volcó a una nueva tarea: dibujar. Dibujaba todo el tiempo y lo dibujaba todo. Posiblemente se le estaban acabando los objetos terrestres y preparaba un abordaje gráfico del mundo submarino.

Más tarde hablé, le confié al jefe la verdadera causa de mi demora. Hablé de buenos inquilinos y malos propietarios, de gángsters y fantasmas, de los exterminadores y la carabina de Zapata. Aunque no aventurero, el estilo de mi padre es inteligente, conoce el mundo adulto y la verdad era que yo necesitaba un consejo.

—¿Qué opinás, pa?

El jefe pensó, se reconcentró, opinó:

—Lo que hagan deben hacerlo con el profesor Zurrieta. Evitar que lo corran de su domicilio es el objetivo, pero él debe estar de acuerdo, porque el problema es suyo. Ustedes deben ayudar, nunca reemplazar.

No debe ser fácil ver a los hijos crecer y meterse en líos. Pensé que a mi jefe le hubiera gustado decir que me quedara tranquilo viendo la tele, y valoré más sus palabras.

Controlé el reloj. Recordé al Ratón Miguelito: "Nos juntamos a las tres, en el parque México." Disponía de una hora para compartir las andanzas de *La hija del Corsario Negro* y el pirata Morgan.

Envalentonado con el valor de Morgan, yerno y heredero del señor de Ventimiglia, a la hora señalada me reuní con tres conjurados al borde del estanque de los patos. Con orgullo pensé en el secreto que nos unía. Nadie entre quienes frecuentaban el parque a esa hora imaginaría que detrás del hocico triangular del Lagarto Benavídez se escondía uno de los Amorosos Exterminadores. Y lo mismo pasaba con el Chaparro Goitía, tan ancho como largo y siempre aplicado a masticar sustancias comestibles. En la ocasión, un plátano. Sin mencionar el aire inofensivo exhalado por el tercero de los conjurados: un escuálido Ratón Miguelito, esa tarde sólo armado con la cámara fotográfica que, junto a una lupa, una brújula (muy útil para quien necesite saber dónde queda el norte), binoculares y anteojos espejados, constituían su equipo de criminalística al servicio de la logia. (Para no descuidar la primera de las funciones de un AE, el Ratón tomaba fotografías a todas las chavas atractivas, y como era pródigo en gustos, su archivo de candidatas para el ligue contabilizaba unas cuatrocientas unidades, con edades oscilantes entre diez y cuarenta años.)

Los Amorosos Exterminadores centraron el debate en dos propuestas: 1) ocupar la mansión, poner carteles que informaran al público tanto de la infamia planeada contra un honesto profesor cuanto de la existencia de la reliquia zapatista, enfatizar la necesidad de preservarla, citar a la prensa y, con el apoyo popular obtenido, impedir el lanzamiento; 2) secuestrar a Filemón Díaz y canjearlo por la promesa de no desalojar, firmada en presencia de notario público.

El segundo plan fue mío, no tuvo éxito y, debo reconocerlo, disminuyó mi confianza en la combatividad de la logia.

El Chaparro Goitía sugirió que la primera propuesta podía complementarse con anuncios dirigidos al bello sexo, en los que se les ofreciera abrir una lista de candidatas que, previa consideración de fotografías y otros méritos a cargo del comité seleccionador, podían aspirar a relacionarse con los Amorosos Exterminadores.

—Debemos aprovechar nuestro estrellato —agregó—. Las mujeres se mueren por los héroes.

—No podemos convertirnos en una mercancía —alegué yo, recordando a Carlos Marx, versión Ramiro.

En esa discusión estábamos cuando, a cincuenta metros, vimos a Zurrieta acercarse desde la calle Michoacán en dirección al lago. Es decir, hacia nosotros. Rápidamente salimos del lugar donde podíamos ser descubiertos. Al no tener un plan definido, no estábamos en condiciones de compartir nada, ni siquiera con su beneficiario. Bordeamos el estanque y caminamos hasta la fuente que, para regocijo de dos perros que la usaban de piscina, lanzaba a diez metros de altura su blanco chorro de agua. Desde ahí nos dedicamos a observar la actividad de Zurrieta, consistente en alimentar a los patos con trozos de pan que cargaba en una bolsa de plástico.

Como todo ser al que se le ofrece comida gratis, los patos se arremolinaban en torno al proveedor y disputaban cada pedazo de pan como si fuera el último.

El paisaje era el de siempre: vendedores de papas fritas, chicharrones y helados; grandulones montados en bicicletas; beldades en patines; parejas de besos estatuarios; un cincuentón con su bolsita de pan; no lejos suyo un sujeto de traje oscuro, anteojos oscuros y cicatriz en la mejilla izquierda. ¡Crash! ¡Bang! ¡Snack! Los ruidos con que se resaltan golpes en las historietas me golpearon todos juntos. Ahí estaba el mafioso de las cartas y las desapariciones. Con las manos en los bolsillos iba y venía, manteniéndose a diez metros del profesor, quien, dada su condición distraída y adulta, parecía incapacitado para enterarse de nada.

Informados ya los conspiradores de mi plática con Zurrieta y el incidente con los hombres del coche negro, agregué el nuevo dato:

—Les presento al jefe de los pistoleros.

Rápidamente dispusimos medidas operativas. Yo debía salir del teatro de operaciones; el Lagarto y el Chaparro posarían para la cámara del Ratón Miguelito. Las fotos se tomarían con la distancia en "infinito", para enfocar bien en toda la profundidad de campo, y con el encuadre adecuado para capturar a Zurrieta y al pistolero. El plan continuaba con el rápido retiro de otro actor, el Chaparro, quien evitaría ser visto para encargarse después del seguimiento del hampón, más la toma de nuevas fotos que los integrantes del dúo Farfán–Benavídez improvisarían, acercándose a los protagonistas hasta lograr una imagen donde la cicatriz del gángster fuera perfectamente visible. A las seis informaríamos novedades en *El Camellito*.

Me quedaban dos opciones para el intermedio. En la primera, estudiaba y evitaba pánicos al día siguiente. Esos que invadían cuando un profesor examinaba largamente su libreta, y después examinaba largamente los rostros de los alumnos, mientras quienes no habíamos abierto el libro sufríamos con cara de saberlo todo, de haber estudiado tanto que ni valía la pena preguntarnos nada. Total, ¿para qué?, si nuestra sabiduría era de tal calibre que hasta podría humillar al profesor, exponerlo a la evidencia de un alumno con mayor dominio que él de la materia. La segunda opción consistía en rondar la casa de Marcela, por si la bella decidía iluminarme con su presencia. Recordé que Marcela siempre sabía la lección. Seguramente no apreciaría que su próximo novio contestara "No estudié" cuando lo llamaran a exponer la clase. Consideré mis deseos de verla, promedié ambos condicionantes y logré una síntesis: pasaría una vez por su casa, si no la encontraba me iría a estudiar.

Veinte minutos después enfrentaba la tarea dejada por Zurrieta: "Impresiones sobre la obra de un poeta latinoamericano". Elegí a Enrique Santos Discépolo, agudo y apocalíptico filósofo del tango, y plagié alegremente conceptos escritos en una revista de mi padre.

Administré mi tiempo. Leí dos páginas de botánica; recordé que el Amazonas era el río más caudaloso del mundo y que sus 6 500 kilómetros cruzaban América desde la cordillera de Los Andes hasta el ecuador; pasé rápidamente junto a las matemáticas y me detuve en la historia. Íbamos en las luchas de Benito Juárez, pero me corrí hasta la Revolución Mexicana. Emiliano Zapata era mi objetivo. Quería saber más del hombre, y quería saber si la historia registraba la existencia de su carabina 30–30.

Una hora estuve metido en la vida del líder agrario. Poco tiempo para conocerlo, pero peor sería nada. Con demasiados datos acumulados, no podía seguir claramente su trayectoria. Pese a ello, algunas cosas quedaban grabadas: Zapata estuvo en lo mejor de todas esas luchas conocidas como Revolución Mexicana. A los veintiocho años era el jefe de su gente. Lo asesinaron a los treinta y seis. Luchó bajo la bandera de "Tierra y Libertad".

Cuidar su legado era una tarea a la medida de toda la gente decente. En casos así, no tiene sentido hablar de nacionales y foráneos. Semejanzas y diferencias van por otro lado.

6

A cien metros de donde vivía Zurrieta (quién sabe si también otros seres de ultratumba), nos juntamos. En tres calles cruzadas y el mercado al centro, los vecinos hallaban desde una papelería hasta una tlapalería y de una encuadernadora de libros a una cerrajería, pasando por la cantina *El Centenario*, la peluquería del Yate y la lonchería donde nos encontrábamos. Pequeños negocios que, sumados a los puestos de comestibles del mercado, abastecían las necesidades de la colonia.

Frente a *El Camellito*, un camión de caja cerrada y ocho metros de largo, con un cartel que anunciaba "Maderas Maturana", obstruía un control detallado de los circuitos femeninos y favorecía la concentración de la logia en el tema que la convocaba.

La conversación demostró que los AE trabajaron bien. Primero: disponíamos de varias fotografías —reveladoras y ya reveladas— del sujeto seguido. Segundo: un dato aportaba nueva luz al expediente: pocos minutos después de mi retirada, Zurrieta se reunió con Antimateria. En opinión del Lagarto el encuentro fue casual. Para el Ratón, en cambio, se trataba de una cita galante. Pruebas de ello, según Farfán, eran las nieves de limón disparadas por Zurrieta y las caras de bobos que ambos profesores ponían mientras platicaban en un banco, posiblemente del influjo de las feromonas en el comportamiento de Julieta Montesco. El hecho auguraba nuevas investigaciones, las que, salvo demostración en contrario, consagrarían la hipótesis de un ridículo idilio entre dos antigüedades. Tercero:

siguiendo al delincuente, el Chaparro llegó —"Prepárate, Che"— nada menos que a la casa de Tulio Díaz, en Mazatlán, entre Vicente Suárez y Montes de Oca.

Mientras emitía módicas aprobaciones, no dejé de observar que los conjurados hablaban para mí. Yo era el único no enterado de los sucesos de la tarde. La jornada otorgó roles privilegiados a mis compañeros, mientras el argentino quedaba desplazado. Y aunque había una explicación para ello (a mí el capo de la mafia me conocía; si me veía rondándolo estropearíamos todo), tal parecía que esa explicación había dejado de ser suficiente.

Todos los Exterminadores actuaron con determinación y eficacia, menos uno que se quedó a estudiar (como una nenita con su librito, pensé en pleno ataque de masoquismo), mientras los demás se jugaban la vida. Nadie decía eso, pero estaba escrito en el aire triunfal de mis compañeros.

—¿Y a ver si adivinas, Che, qué más podía verse junto a la casa del honorable Díaz?

Adiviné. Si estaba junto a la casa, sólo podía ser...

—El coche...

—Exactamente. El coche.

Goitía operó impecablemente. Volvió al parque a la carrera, encontró a los fotógrafos y se los llevó con él.

—Fotografiamos el vehículo, con todo y su número de placa, más la casa de los Díaz al fondo.

Vino el camarero y todos pedimos refrescos de grosella bien fríos. Hubiera querido pedir un whisky doble, como bebían los detectives de las películas, pero ni nuestra edad lo permitía ni en *El Camellito* servían esas copas.

De acuerdo. Se imponía ser generoso y reconocer los méritos de mis cofrades. Los registros fotográficos ligaban a la mafia con la persecución a Zurrieta y comprobaban la complicidad del abogado Tulio Díaz. Hasta ahí, los hechos eran impecables. Pese a ello, la gran pregunta de la tarde era... ¿Qué haríamos ahora?... ¿Cuál sería nuestro próximo paso?... ¿Cómo usaríamos las pruebas adquiridas?...

Un largo silencio delató nuestras miserias. Muy lejos estábamos de los héroes literarios y cinematográficos, quienes desconocían la duda y acostumbraban hacer lo correcto en cada situación, por complicada y misteriosa que ella fuera.

Pedimos otra vuelta de refrescos. Detrás de mi vaso, observé al trío y evalué la calidad de nuestras fuerzas.

Benavídez era un lujo. Sus virtudes superaron todas las pruebas en el combate contra los hermanos Rodríguez.

Al entrar en la logia, el Lagarto agregó un artículo a los estatutos: "Además de juntar mujeres y pulverizar adversarios debemos combatir al imperialismo", dijo. Todos pusieron cara de "¿Qué?" y aceptaron porque les interesaba reclutarlo.

Talento futbolero y genes vascos recomendaban al Chaparro para empresas extravagantes que requirieran velocidad y habilidad.

El Ratón tenía una especialidad: trabajaba. El hijo del fayuquero Farfán esperaba la mayoría de edad para sumarse al informal negocio de su padre, pero ya sabía que el dinero sale de las piedras si uno aprende a exprimirlas. De viernes a domingos, montado en una exigua motoneta y cargando pizzas que debían llegar en tantos minutos a la boca de los compradores ("En caso contrario le devolvemos el importe."), Miguelito circulaba temerariamente entre la prepotencia de los coches y el espanto de los peatones.

Gracias a la combinación de infancia con esfuerzo, el Ratón poseía relojes, calculadoras, tenis, un hondo surco vertical entre los ojos, juegos y aparatos electrónicos, invariablemente todo —menos el surco— *Made in USA*.

Pensé que su experiencia callejera y su elástica concepción de la legalidad —"Aduanas y fronteras son inventos perversos que separan a los hombres y pretenden obligar al pago de impuestos por la venta de un muñeco construido al norte del río Bravo"—, mejorarían la picaresca que a un aventurero le conviene dominar al establecer sus estrategias, al menos si no se conforma con un honesto final de perdedor.

Sobre Zurrieta y la carabina de Zapata hablamos poco. Fuertes dudas nos acosaban y a nadie le urgía equivocarse. Precisamos la conveniencia de meditar sobre las propuestas hechas: ocupar la casa en cuestión y denunciar la injusticia, o secuestrar a Filemón Díaz y canjearlo por la renuncia al despojo. Nadie apostaba por el éxito de la primera sugerencia, y creo que ni yo creía ya en la segunda. Sin embargo, habían sido planteadas y faltaba un pronunciamiento claro de la logia. Pedí las fotos, con la explícita intención de someterlas a un análisis minucioso, y recibí miradas de extrañeza y una pregunta directa: "¿Para qué las quieres?" "Para estudiarlas", insistí. Pude sentir la desconfianza en el ambiente. ¿Pensaba el extranjero actuar por su cuenta en lo que era una empresa común? ¿Tal vez el conosureño quería chantajear con las imágenes a Tulio Díaz y alzarse con una bolsa de dinero? ¿El argentino llevaría las pruebas a la policía para quedarse con la gloria?... "Las devuelves mañana", dijo al pasármelas un poco convencido Ratón Miguelito.

Era todo lo que necesitaba.

7

Por la noche copié las fotografías con una técnica escolar aprendida en General Viamonte. Apliqué con un algodón gasolina blanca sobre un papel grueso (por suerte, y para combatir la tendencia de las manchas a fijarse en nuestras ropas, mi mamá colecciona solventes), coloqué las fotos con las imágenes contactando la zona trabajada, puse otro papel arriba y con una cuchara presioné realizando movimientos giratorios sobre la superficie que quería duplicar. Salieron bien, o al menos aceptables. Hasta la cicatriz del bandido principal podía verse. Luego, escribí una carta.

Cerré los ojos, los abrí, ya era hora de levantarse. Mamá preparaba el desayuno; mi ausente padre comía y bebía en un congreso de maestros en Guadalajara; Ramiro siempre me ganaba el baño; Pepe dormía como tronco, su privilegio era la escolaridad vespertina.

Revisé el libro de historia y verifiqué entre sus hojas la carta para el Ciego Rafael. Veinte minutos después estábamos en la calle. Mi hermano fue a su escuela y yo a esconderme de los asistentes a la mía. No debía ser visto ni por profesores ni por compañeros ni mucho menos por algún Exterminador.

Visité los patos del parque México. A un costado vi un móvil conocido: "Maderas Maturana", y me fui a esperar que abrieran el correo de Aguascalientes. En el trayecto apliqué técnicas de contrachequeo aprendidas en libros de espionaje, tales como usar de retrovisor las vidrieras comerciales, aprovechar los cruces de calles para mirar en todas direcciones, "llamar" a nadie desde las casetas telefónicas y otras artimañas útiles para detectar seguimientos. Descubrí dos tipos sospechosos metidos en trajes de policías, un anciano llamativamente ágil para su edad, tres impresionantes mamíferos femeninos y una especie de mancha multicolor que, a cincuenta metros y antes de perderla dentro de una tienda, parecía un payaso. El dinero que traía para comprar un refrigerio lo invertí en una carta certificada. Eran las nueve y diez de la mañana y podía hacer dos cosas: vagabundear hasta las doce y media, hora de la salida escolar o, con un guión aceptable por funcionarios adultos, pedir en la escuela que me dejaran entrar.

Mi guión habló de una larga noche de trabajos y estudios, de una familia que sale aprisa del hogar mientras *El pequeño escribiente florentino*[11] se duerme sobre los restos del desayuno, del interés por no perder mis clases... Algo que, eso esperaba, resultaría comprensible.

—Puede asistir a las próximas materias, pero ya tiene ausente —me explicaron y acepté aliviado.

El resto de la mañana pasó sin novedades. Devolví las fotografías, recogidas con apenas una mirada suspicaz por el Ratón Miguelito. Desabridos y con aire de ausencia, los Amorosos Exterminadores parecían eludirse mutuamente, tal como si no compartieran el suspenso de una excitante intriga policiaca, o tal como podría ocurrir, por ejemplo, si ninguno de ellos tuviera un plan capaz de apantallar al prójimo ni la menor idea para resolver el primero de sus casos.

Tan aburrido me sentí que al comenzar la última hora —monocotiledóneas, dicotiledóneas y otras verdes maravillas por el estilo—, pedí permiso para ir al baño y sobre un excusado, me senté a pensar en soledad, molido de cansancio y con un programa de actividades donde se apostaba todo a una sola carta: llamar al Ciego Rafael para que nos resolviera los problemas.

[11] Personaje del libro *Corazón. Diario de un niño*, de Edmundo D'Amicis. (N. del E.)

8

Al fin llegó la hora de salida y los Exterminadores partieron cada uno por su lado, como si no tuvieran nada de qué hablar, casi como si no se conocieran. En la vereda la vi, bella y ansiosa, buscándome con la mirada. Las afueras de la escuela hervían de familiares en espera de los suyos. Ocho de cada diez eran mujeres. Y esa mujer me esperaba a mí, con sus dos caras y sus dos verdades: no existía otra en el universo; tampoco había dulzuras en la boca de azúcar.

—Tenemos que hablar —dijo Marcela.

—Vamos al parque.

En un banco del parque España, conocí otro capítulo de la negra novela que nos incluía.

—Algo terrible pasa, Che. Casi no lo puedo creer. Ayer visité la casa de los Díaz. Ya viste que Filemón vino a buscarme con su coche. Traía un rollo familiar chantajista y no pude negarme. Su madre estaba enferma y quería verme. "Cinco minutos nada más, después te llevo a tu casa", me dijo el mejor es nada.

Ya me resultaba detestable ese patán y decidí volver a detestarlo. Pero aunque mis sentimientos hacia él eran y serían de aversión perpetua, momentáneamente lo borré. Debía ocuparme del animal acorralado que asomaba por los ojos de Marcela.

—La señora Díaz me regaló un libro de leyendas mayas y me dio un pequeño paquete para mi mamá. Filemón fue a buscar jugo de naranja para invitarme. Su madre habló dos minutos de naderías y luego me acompañó a una sala oscura donde me hizo sentar. "Me dio gusto verte, hija. Salúdame mucho a tus padres. Ahora debo bañarme. Filemón te llevará a tu casa", dijo y me dejó sola.

"Entraremos en acción. Se acabaron las contemplaciones con Zurrieta. La casa la necesitamos ya."

—Escuché la voz furiosa y comprendí que no estaba sola.

"Tenemos la mercancía en un camión. A la mano del más inútil de los policías. Tus presiones no han servido para nada. Ahora actuaremos nosotros."

—Me puse de pie. La estancia donde me hallaba debía ser el rincón preferido de Drácula. Un pesado cuadro de Porfirio Díaz, muebles oscuros que llegaban al techo, cortinajes espesos y alfombras que se subían a los tobillos. Sólo faltaba un ataúd con cuatro cirios. De abajo, por la escalera, llegaba el zumbido del exprimidor de naranjas. A través de una puerta entreabierta, escuché la voz del abogado. Un segundo después estaba junto a ella y espiaba por una rendija. Sentado a su escritorio, Tulio Díaz sostenía entre las manos su cabeza. Enfrente suyo un asesino, con todo y cicatriz en la cara, lo miraba de mala manera.

"Zurrieta se la buscó. Ya no te metas en nuestros asuntos", dijo el asesino.

"Hagan lo que quieran", respondió Díaz.

—Y yo ahí, mirándolos, muerta de miedo. De pronto me golpeó el silencio: el zumbido de abajo había cesado. Corrí a mi asiento y enseguida llegó Filemón con un vaso de naranjada. No sé qué me dijo ni qué le contesté. Casi no podía hablar. Filemón escuchó las voces y fue a cerrar la puerta. Bebí mi jugo y le pedí que me llevara a casa. Al salir vi un coche negro. Dentro de él, dos hombres me observaban. Enseguida salió el asesino. Los del coche le hablaron y él también nos miró. ¡Y el tarado de Filemón no arrancaba! Por fin nos fuimos. En casa protestaron por la demora, pero apenas conté el motivo y mencioné a los Díaz la encontraron normal. El regalo para mi mamá eran unas servilletas francesas. Pasé un día horrible.

—¿Por qué no me llamaste? —interrogué.

—No sé. Quedé aplastada. Pero la historia todavía no termina.

Dime, amor. Aquí estoy para protegerte y adorarte.

—Cuenta —dije.

—Esta mañana volví a verlos, al coche y a los pistoleros, en la esquina de mi casa. Salí para la escuela y ahí estaban, como esperándome. No pensé nada, quiero decir, nada bueno. Me di vuelta y regresé. Caminé diez metros y me crucé con un payaso. Todo parecía una pesadilla. En casa inventé un fuerte dolor estomacal. Hasta llamaron al médico, y ahora debo tomar un remedio contra los parásitos. Más tarde "mejoré" y aquí estoy, sin saber qué hacer, muy preocupada por Zurrieta, y más aterrada por mí.

—¡Un payaso a las siete y media de la mañana!

—Un payaso. ¡Puedes creerlo!

—Y ahora ¿qué vamos a hacer?

Marcela me miró; el Ciego me "habló": "Ellas necesitan confiar en un hombre. De su debilidad hacen fuerza y nos obligan a crecer. No te conviene defraudarlas."

—Debemos ver al profe —dije.

—¿Para qué?

¿Para qué? ¿Para qué sería?

—Para informarle que los pistoleros van por él. Entre los tres pensaremos un plan para protegerlo.

—¿Vamos a ir solos?

Miré en torno mío. Ningún Exterminador a la vista. Los compañeros ya estarían en sus casas, devorando carnes guisadas y tragando aguas de horchata, mientras el Che se jugaba el pellejo.

—No te preocupes —dije.

Las siguientes cuadras fueron recorridas al ritmo de quien prefiere no apurarse, porque ha comprendido que la meta no es otra cosa que la propaganda del camino. La recuperación de panoramas vitales, realizada en cada salida de la escuela, creaba esplendores sobre el asfalto, y entre las recién nacidas tardes, ésa era la más especial de todas. ¿Por qué? Por una razón donde cabían todas las razones: Marcela estaba conmigo, agregándole luz al mediodía, en una calle azul de jacarandas que bifurcaba sus senderos en la esquina del amor y de la muerte.

En Vicente Suárez y Tamaulipas el panorama se enrarecía: a diez pasos de la mansión embrujada estaba el camión de "Maderas Maturana"; por la esquina de Cholula se paseaba un payaso. Los fantasmas andaban sueltos.

Con espontáneo susto, una, con disimulado espanto, el otro, nos miramos.

Nadie se daba cuenta de nada. Metida en sus asuntos, la gente iba y venía. Los negocios funcionaban normalmente. El payaso se alejaba, y aunque todos los payasos se parecen, algo en su manera de moverse me hizo pensar que lo había visto antes. En televisión no, tengo mejores gustos; en fiestas menos, ya pasé los seis años. Quizá en Chapultepec, donde pasear es gratis, comer "sale" más barato que en casa y una moneda paga cualquier función de arte callejero.

—Se va el payaso.

En el silencio de Marcela el cuadro no mejoró: abominables criaturas afilaban sus colmillos en la oscuridad, el payaso se marchaba y nosotros nos disponíamos a entrar en la boca del lobo.

—Vamos —dije.

Tocamos el timbre, no salió nadie; golpeamos la puerta, pasó lo mismo. Empujé una ventana y se abrió.

Quería irme, quería estar tirado en mi cama, con medio kilo de dulces y un libro, y compartir los peligros corridos por Sandokán en la Malasia, quería pasear con Marcela y regalarle una paleta de naranja... Pero ni modo: yo era el jefe, ella confiaba en mí, convenía no defraudarla.

—Vamos a entrar —dijo Marcela.

— . . .

—Ahora.

Epa, epa, mi querida niña, soy yo quien no debe defraudarte.

—Nos llevaremos la carabina, así no podrán robarla —dijo.

—Sí, sí. Eso haremos —¿cómo se recupera un liderazgo en el que nadie cree?

A pleno sol, frente a la muchedumbre, ingresamos en una vivienda ajena. Ayudada por su escudero, Marcela saltó por la ventana. Cuidando mucho donde ponía mis manos, al borde de un ataque de algo al contactar con la tibieza de su cuerpo, fui detrás suyo.

Ya estábamos en la mansión embrujada. Ya nos habíamos metido hasta el cuello en una historia criminal. Acabábamos de violar un domicilio y nos preparábamos a sustraer un objeto ajeno, nada menos que un pedazo de la historia de México. Chido. Perfecto. Marcela y yo hacíamos lo debido. Si no caíamos en manos de la policía, y no éramos capturados por los maleantes, y los fantasmas no decidían desbarrancarnos en la ruta México–Cuernavaca, todo saldría de maravilla.

Mi sistema mental antipesadillas (SMA) anunció: "Estás dormido. Aprovechá este aviso y despertá." (Como yo, mi SMA es argentino; al revés que a mí, le cuesta aprender el español.)

Nuestras voces respetaron el silencio. Los ruidos de la calle desaparecieron. Ni coches ni personas. Nada. Quizá el mundo se había detenido; tal vez habíamos entrado en la dimensión desconocida; a lo mejor nos hallábamos en un mundo paralelo —¡cuál mejor, tarugo!—, donde las leyes eran otras y los fantasmas podíamos ser nosotros. Nuestros desplazamientos nos mantuvieron inmóviles, junto a la tranquilizante luz de la ventana, esforzando la capacidad de cuatro pupilas para dominar las oscuridades de la caverna.

—¿Estás bien, Marcela? —me dispuse a recuperar la jefatura.

—Sí, Che, ¿y tú? —su réplica sobraba: el jefe siempre está bien.

Descolgamos la carabina, la envolvimos en una manta, bromeamos sobre los fantasmas, Marcela quiso tomar agua y entró en la cocina, yo decidí visitar el baño, nos planteamos esperar a Zurrieta, dos minutos después recordamos que la comida nos esperaba en casa, que también nuestras familias merecían alguna consideración, y decidimos retirarnos.

Superado el primer impacto, oscilando entre la exagerada tranquilidad y el humor forzado, nos movíamos con la cinematográfica solvencia de dos actores en un mundo de ficción. En nuestras bocas las palabras se articulaban normalmente y hasta con un toque divertido. Asimilábamos los claroscuros y ya podíamos ver nítidamente las plantas en sus macetas, los cuadros en las paredes, los libros en la biblioteca, las manchas de salitre, los pisos gastados, las espesas cortinas, los marcos apolillados, el espanto en nuestros ojos y la cicatriz del mafioso asomándose por la ventana.

La puerta se abrió. El otro inevitable par de mafiosos y un profesor traído a empellones entraron en la casa.

Decidí atacarlos, huir, defender a Marcela. Haría una carnicería si le tocaban un solo cabello. Vi sus armas, vi la ventana controlada, pedí un milagro que no ocurrió, supe que estaba perdido.

—Bueno, bueno, con que aquí están Romeo y Julieta —se burló el torcido jefe de la mafia—. Nos ahorraron el trabajo de buscarlos.

Un minuto después tres bultos atados y amordazados se apretaban en un sillón de la casa embrujada. Si hace falta demostrar que hasta en las peores calamidades puede hallarse algo bueno, a mí me tocó junto a Marcela.

Los delincuentes pusieron música fuerte en la radio y usaron al profesor de *punching ball*: uno le pegó de un lado, el segundo del otro y el tercero al medio. Marcela gritaba sofocada, con sus ruidos competían los ahogados quejidos de Zurrieta, y yo no gritaba, pero mi boca sí. Mudos alaridos enredados en mordazas caían al piso sin traspasar la puerta.

Cuando se cansó de dar golpes, el torcido se tiró en una silla, resopló un minuto y habló para Zurrieta.

—Eso fue por mal portado y por el trabajo que nos diste.

Después habló para los tres.

—Ahora nos toca armar la coartada, el teatro del crimen pasional. A ver si lo encuentran convincente. La estudiante Marcela Covarrubias, de catorce años bien comidos y con "un culito como un quesito",[12] visita a Zurrieta por rutinas escolares. El profesor, que tras su máscara de hombre serio esconde a un maniático sexual, intenta abusar de ella. Llega el Che y la defiende. Enloquecido, Zurrieta los mata a los dos y después se suicida.

Nos miró muy oblicuo y muy contento.

—¿Qué tal, eh? Buen argumento para la prensa sensacionalista, ¿no?

—Hagamos que los liquide con la carabina de Zapata, jefe, para darle el broche de oro a su argumento —intervino uno de los secuaces.

El jefe lo miró con lástima.

—La carabina hace ruido, Comadreja. Usaremos soga y cuchillo. Los desatamos, para no manchar después nuestras ropas, y los liquidamos. Empecemos con Zurrieta.

[12] De un poema de Federico García Lorca. (N. del E.)

120

Cuando el profe tuvo la boca libre, pese a estar abundantemente machucado, se ocupó de abogar por nosotros.

—¡Oigan, los chicos no tienen nada que ver! ¡Déjenlos ir! Tampoco yo pinto nada en esto, pero al menos estoy crecido. Si ustedes están locos y necesitan matar gente, arréglense conmigo. ¡Se los ruego, déjenlos ir!

Los chicos tirábamos coces al aire, nos retorcíamos como basiliscos, gritábamos con la boca llena de trapos, intentábamos huir sin movernos ni un centímetro. Nuestra rebelión duró hasta que Comadreja me acomodó un mamporro en la nuca, me dedicó cinco o seis insultos seguidos y prometió matarme "pero ya" si no me quedaba quieto.

—Voy a explicarte lo que pasa, tarugo —el oblicuo volvió a Zurrieta y asumió una tarea didáctica.

—La casa nos hacía falta para guardar unas pastas que van a Miami. Teníamos otro escondite, pero se quemó. Ahora tenemos un camión hasta la madre de drogas dando vueltas porque tú decidiste que no querías abandonar a tus fantasmas y porque nuestros dizque socios, el imbécil de Torres y el inútil de Díaz, ni tienen pantalones ni son capaces de resolver nada. Cada noche nos vemos obligados a cambiar de lugar ese vehículo. Luego permitiste que se entrometieran los chavos, hasta que ellos, menos mensos que tú, comprendieron que algo grave pasaba. Ahora el lugar ya no sirve, ni modo, nos conformaremos con esta valiosa carabina, pero ya todos sabemos todo, y como cualquiera puede hablar, nos toca cerrarles la boca. El culpable eres tú. Mete eso en tu estúpido cerebro.

Fue el momento en que se oyó un estruendo, por la puerta derribada entró un payaso con un revólver y con él llegaron tres policías con sus metralletas.

—¡Quietos todos! —gritó el payaso, es decir, mi tío, el Ciego Rafael.

En un grito sin mordaza volví del mundo de los sueños. El estruendo continuaba y me llevó larguísimos segundos descubrir que se trataba de las faenas de limpieza del portero. Muerto de vergüenza salí de mi escondite. Don Mario se asombró tanto como yo. Compartimos algunas informaciones: eran casi las dos de la tarde; el pequeño escribiente florentino se había dormido en el baño de la escuela. Cosas que pasan. "Hasta mañana, entonces." "Hasta mañana."

9

Llamé a casa de un teléfono público y encontré al personal alborotado. ¿Dónde me había metido y por qué no avisé antes de mi demora? Di explicaciones y pedí cinco minutos de plazo para sentarme frente a una comida que sería necesario recalentar para mí.

Una turbia humillación me acompañaba: el sueño. Dos humillaciones, en realidad: el sueño y la vigilia. No sólo enviaba yo ridículas súplicas al Amazonas, sino que mi mayoridad alcanzaba exactamente para elaborar el fabuloso proyecto de ser salvado por un tío vestido de payaso. ¡Qué pensaría el verdadero Che si lo supiera! Recordé la visión de una mancha multicolor. En apariencia no era nada, un bulto en la muchedumbre. Sin embargo, se había quedado en un rincón de mis discapacitadas neuronas —"¿Invitada por quién, eh?": dura pregunta— donde esperó hasta recibir luz verde, para intoxicarme luego con un cuento fraguado en los pantanos de mi cobardía.

"Zurrieta no va más. Zapata *kaput, never more*. Si los Amorosos Exterminadores saben contar, harán bien en no contar conmigo. El Che fuma un puro en el cielo y yo soy nadie. No soy, ésa es la cuestión. Es decir, 'mi' cuestión. Ahora comeré en casa una comida recalentada y después voy a leer una revista de chistes (la más tonta que encuentre). Salgari *c'est fini*. Si el Corsario Negro tuviera el dudoso placer de topar conmigo me colgaría del palo mayor de su *fili bot*—.[13] Así, por agónicas orillas, en bordes oxidados de la vida, vegetarán mis medio-

---

[13] Barco usado por los piratas, del que deriva el nombre de filibusteros. (N. del E.)

cridades, hasta que Jehová me regale un baño de aceite a tres mil grados centígrados, Manitú me arranque la cabellera y Mari me convierta en rata. Afortunadamente moriré pronto —dentro de dos o tres meses— y acabaremos de una vez con esta vergüenza, simplemente seré uno más entre la legión de condenados que aúllan en el infierno."

Con tales pensamientos me arrastraba hacia mi domicilio, cuando vi pasar el coche negro con cuatro hombres dentro: los tres hampones y Zurrieta.

"¡Sí, claro, ahora viene el payaso! Estas boberías pasan cuando uno es un menso taradito que se alimenta de fantasías. Más vale que despierte otra vez antes de que el portero me tire un balde de agua enjabonada, aplique su fuerza limpiadora sobre mis huellas enchastradas[14] en el piso y me arroje por el excusado hacia la nada que me espera. Aunque, pero, y sin embargo, ¡ahí van!, ¡son ellos!, o sea que aquí pasa algo. Y no es el patético cuento de la modorra. Entonces, quizá mi sueño fue premonitorio. Alguien —¿el encargado sideral de las causas justas?— usó el letargo para pasarme un aviso. Como en el caso de Nostradamus, las visiones han sido instrumentos de los hechos y el sueño la transparencia donde se ve mejor. Así es. Ahora está claro. Los mafiosos han secuestrado al profesor Zurrieta y sólo yo puedo salvarlo."

El coche se detuvo en el semáforo de Michoacán y Atlixco, y yo apliqué conceptos aprendidos en las últimas horas —para ciertas labores conviene recurrir a los profesionales, que para eso están y por ellas cobran—: corrí hasta un coche patrullero, desperté al policía y le informé que ante sus ojos, que de cerrados pasaron a redondos y de irritados y oscuros a la roja furia del semáforo, se cometía un secuestro.

Mientras el poli despertaba, corrí unos metros hasta quedar "de pechito" frente al coche del delito, como quien dice,

---

[14] De *enchastre*, suciedad en la que interviene algún líquido.(N. del E.)

ofrendado en sacrificio. Allí alcé mis brazos, los agité sobre mi cabeza y alerté a la colonia con mis aullidos:

—¡Socorro! ¡Auxilio! ¡Es un secuestro!

Tres delincuentes descubiertos y un profesor temeroso por su vida me miraron atónitos.

El policía logró salir de la patrulla y se hizo presente:

—¡Qué pasa acá!

Teatro del absurdo: el cuarteto de ocupantes del coche negro se esmeró en —y compitió para— derogar la realidad: no pasaba nada. Los cuatro eran grandes amigos: "El maestro Zurrieta, que vive ahí nomás, en la casa verde de la esquina, fue nuestro profesor hace veinte años." Me conocían a mí, por supuesto. "También es alumno del maestro y se ha confundido. ¿No es así, maestro?" Así era. Todo estaba en orden. "No te preocupes, muchacho. Esta mañana me ha faltado mi reliquia y voy a buscarla." Los papeles del coche se hallaban en regla y todos los presentes eran honestos ciudadanos.

Mientras cinco mil chismosos se juntaban, yo exprimía mi cerebro para interpretar el mensaje de Zurrieta, y el poli dudaba entre la mala imagen ofrecida por la cara cortada de un "honesto ciudadano" y la peor de un chavo desequilibrado; detrás de una pizza grande y arriba de una motoneta, llegó el Ratón Miguelito.

El poli se decidió —gajes de su oficio: "Ante la duda procedan contra el débil"—: me iba a detener a mí.

La mafia se divertía como loca:

—Déjelo, oficial; es un buen chico; lo conocemos; debe haberle caído mal el atole.

El secuestro era un hecho. Zurrieta no podía delatarlos —el cañón de una pistola debía morder sus costillas—, pero había usado la situación para informarme que los hampones tenían la carabina. Que lo tenían a él... no hacía falta decirlo. Ahora me tocaba actuar para salvarlo.

Unas palabras más y, cuando los diez mil curiosos convocados le permitieron moverse, el coche negro se fue. El policía guardó algo en su bolsillo. De seguro un billete —"Por las molestias, comandante"—. Pensé que cada quien tiene sus habilidades, y que la de pasar clandestinamente cincuenta varos frente a la multitud requería de abundante práctica.

—¡Tú, vente para acá! —ladró el uniformado y regresó a la patrulla.

Lo seguí y en el camino vi dos cejas que subían y bajaban repetidamente y una testa de roedor que con un golpe señalaba a sus espaldas, luego vi el pie que pedaleó con fuerza para poner en marcha la motoneta. El poli abrió la patrulla y me miró con stendhalianos ojos —negros y rojos— que decían: "Ahora conocerás el largo brazo de la ley." La motoneta avanzó dos metros. Con una corta carrera salté al asiento posterior. Farfán aceleró, una señora metiche y su bolsa de naranjas quedaron en el piso, yo me fui para atrás y a punto estuve de acompañarla, un perro nos persiguió media cuadra. Quedé colgado del cuello del conductor y así nos fuimos.

Al cruzar Mazatlán vimos el coche negro detenerse junto a la casa de Díaz. Como en una pesadilla circular, los fantasmas bordaban su rutina. Hice una prueba: tiré de los pelos de la nuca del conductor y su chillido de protesta me confirmó que ninguno de los dos soñaba.

—Déjame aquí —le dije, después de calmarlo con explicaciones que no entendió.

—Entrego esta pizza en Juan Escutia y estoy contigo.

Así lo hicimos. Vi doblar la moto en Pachuca; un segundo después oí la sirena y enseguida, cuerpo a tierra detrás de una fila de coches estacionados, vi pasar el coche patrullero y doblar detrás suyo.

"¡Pobre Ratón! —pensé—. Ahora conocerá el largo brazo de la ley."

En la casa de Díaz no se veían movimientos. Una reja de metro y medio de altura me cedió el paso con facilidad. Atravesé un amplio jardín y llegué al edificio. La entrada estaba cerrada y me fui por los costados para investigar las ventanas. En la última, al fondo y del lado de atrás, no visible desde la calle, escuché las voces. Ahí los matones y su jefe, el cruel abogado Díaz, apremiaban y quizá torturaban al profesor Zurrieta.

—Vamos a quemar tu coche y tu casa y secuestraremos a tu hijo —algo sonaba raro en esa voz: era la voz de Zurrieta.

Me asomé por la ventana. Con fallas en la distribución de roles, mi sueño se demostraba premonitorio: cercado por un cuarteto abominable, el licenciado Tulio Díaz se agarraba la cabeza.

En ese momento, todos miraron hacia una puerta. Alguien debía golpear del otro lado. El hombre de la cicatriz la abrió y empujó hacia dentro a Filemón Díaz.

—Ya estamos todos —dijo Zurrieta con una sonrisa maligna.

El hampón oblicuo sacó una navaja, la llevó al cuello de Filemón y, mientras un Díaz enmudecía y el otro soltaba un quejido, le cortó la corbata debajo del nudo.

—¡Basta! ¡Basta! Está bien, les daré lo que quieren —dijo la víctima, es decir el abogado Díaz, mientras el jefe de la mafia, o sea Zurrieta, lo miraba complacido.

Imaginé la cara que pondrían en la escuela cuando se enteraran de que mis pesquisas habían desenmascarado al peligroso padrino que los engañó por más de veinte años. "Vi" asombro y temor en el cuerpo de profesores, asombro y envidia en los AE, asombro y amor en el azúcar de Marcela.

—Entonces... ¿dónde está? —preguntó el capo.

—Aquí mismo. Debajo nuestro —dijo el defensor de la ley.

Díaz pidió ayuda para cambiar de lugar el escritorio, luego retiró la alfombra, metió un dedo en un agujero del piso y levantó la tapa del sótano. Los vi bajar y me quedé pensando en dos asuntos que no me gustaban nada: ante todo, Zurrieta; siempre lo estimé y no sabía cómo hacer para odiarlo mortalmente; luego, Marcela, porque si los Díaz eran dos buenos tipos, también se me dificultaba odiarlos mortalmente. Y quién sabe cómo valoraría ella sus calidades de inocentes víctimas y habría que ver si se le despertarían algunas simpatías y...

Desde abajo llegaron las voces.

—No está.

—No puede ser.

—Aquí estaba.

—Alguien se la llevó.

—Ladrón que roba a ladrón...

En ese momento oí un ruido en la reja, me asomé al jardín y vi el desfile de cuadros blancos y negros en la falda de una dulce anciana.

¡Crash! y ¡Bang! ¡Otra vez esa mujer! Cuando la conocí robaba pescados en el tianguis, y ahora me la encontraba alzándose con una carabina, una reliquia y un pedazo de la historia mexicana. Todo envuelto en su falda de canguro.

Pensé que sería de otra banda. Si fuera de la *familia* Zurrieta actuaría con los suyos, estaría clavando astillas bajo las uñas del licenciado Díaz, pero no, ella depredaba en solitario y por su cuenta. Como Bonnie Parker aunque sin Clyde Burrows.

Llegaba el momento de la gran pregunta: ¿qué hacía el subnormal número uno de Argentina escondido en un jardín mexicano mientras diversos grupos de mafiosos se disputaban un fusil que ya ni debía disparar y cuatro paredes pobladas de fantasmas? ¿De qué lado estaba yo? ¿Apoyaba la mendacidad de un falso profesor, la codicia del descendiente de un dictador, la torpeza del largo brazo de la ley?... ¿Qué pintaba yo en esa historia donde únicamente se ignoraba quién era el más culpable?

No me pregunté qué haría porque ya iba tras la dulce anciana. Antes de saltar la reja probé la puerta de hierro y la encontré abierta. Al asomarme a la vereda sonreí. Bonnie Parker se marchaba en un taxi, huía de la escena del crimen como antes lo hiciera en el tianguis, pero detrás del taxi, en contramano, llegaba una conocida motoneta.

Apenas tuve tiempo de explicarle las novedades al Ratón. La prueba de que no era fácil estaba en que mi compañero ni entendía ni aceptaba una palabra de mi relato.

—¡Estás loco, Che! ¡¿Cómo que Zurrieta es un mafioso?!

Si durante años uno ve una pared blanca, no le resultará fácil verla negra.

—También hay una vieja de otra banda. Va en ese taxi con la carabina.

—¿¡?

—Y ahí salen Zurrieta y sus matones.

Lo hacían, y nos vieron. No sólo nos vieron. Intensa y significativamente nos miraron. Sin dejar de hacerlo ni por un momento, el cuarteto de la muerte entró en el coche.

Dos cuadras adelante, detenido por el semáforo, se veía un verde taxi. Rogué que fuera el "nuestro". Dije "Vámonos", pero ya llevábamos veinte metros de marcha. Un coche negro tomó el mismo camino.

Pronto nos pusimos cerca del taxi y pude comprobar que en el asiento trasero del vochito viajaba una dulce nuca bandolera.

Detrás nuestro no había apuro. El coche negro se mantenía a cien metros y no daba señales de querer reducir esa distancia. Sin prisa y sin pausa, nos seguía.

10

Salimos de la Condesa, cruzamos la avenida de los Insurgentes —más ruido que en la guerra; treinta mil kilómetros de largo y ni un solo metro sin su bestia metálica— y entramos en la colonia Roma. Un taxi, una motoneta, un coche negro. Perseguidores perseguidos, si bien resueltos a no terminar en cazadores cazados. Al menos no mientras estuviéramos preparados para escapar entre los coches y perdernos en la selva del asfalto.

Sin renunciar al final del juego, deliberamos: "¿Qué hacemos ahora?" "No sé." "¿Alguna idea?" "Zafar del coche negro." "Es fácil. Dejamos de seguir al taxi y nos vamos por otro lado." "Tienes razón. Es fácil. ¿Y después?" "Después, ¿qué?" "Mañana. ¿Qué pasará mañana? Zurrieta nos conoce. Puede secuestrarnos, cortarnos en pedazos y arrojarnos al mar con los pies en un bote de cemento." "¿Qué mar?" "..." "Tampoco puede secuestrar a toda la colonia." "Nosotros no somos toda la colonia." "Podemos denunciarlo." "¿Quién nos va a creer?" "Necesitamos pruebas." "¿Como qué?" "Capturar a la vieja del taxi y hacerla confesar frente a la policía." "¿Tú crees?" "¡Qué sé yo!..."

El taxi se detuvo. Fin de la deliberación. Los hechos mandan. Lentamente nos arrimamos al vehículo; con pareja parsimonia descendió la pasajera. En los funerales de la tarde las sombras crecían. A lo lejos se veían montones de coches oscuros, y uno de ellos venía por nosotros. Hubiera sido bueno estar con los compañeros, pedir unos refrescos en *El Camellito*, analizar detalladamente los pros y contras de nuestra situación operativa, elegir algunas candidatas

y comíamos panes dulces. Suerte que no estuviera Goitía, al menos para la despensa de la casa. El profesor contó una vieja historia: "Estos tres muchachos: Quico, Beto y González Bermúdez, hace dos décadas fueron alumnos míos. Ahora los tres son escritores y profesores universitarios. También son mis amigos y me han ayudado a *desfazer este entuerto*. Enseguida, Zurrieta contó la historia del día. Esa mañana, mientras él daba clases, Filemón Díaz pasó por la vivienda de Zurrieta y vio una ventana abierta. Fue a Mazatlán y le avisó a su padre. Entre los dos armaron un plan. Vestido con ropa del jardinero, Filemón cargó un balde y unas tijeras de podar y, disfrazado de trabajador, volvió a la casa de Zurrieta y entró por la ventana. "¿A qué hora ocurrieron los hechos?" "Según la confesión del abogado, cerca del mediodía. ¿Por qué preguntas?" Al mediodía *yo entraba* por la ventana en la mansión embrujada. "¿Usted cree que los sueños son espejos de la vida?" "Debo hacerlo. Soy profesor de literatura. Perdería la mitad de las gestas escritas si no lo creyera. Pero, ¿de qué se trata?" "Después le cuento. Siga, profesor." Filemón robó la carabina y se la llevó a su casa, ahí su padre y él la escondieron en el sótano, pero, y para su mala fortuna, fueron vistos por doña Rosa —intercambio de dulces sonrisas entre el narrador y la anciana bandolera—, quien se ocupaba en el lugar, contratada como mucama. Cara Cortada intervino para precisar que su madre ya no trabajaría más, él le pasaba algún dinero, pero ella se obstinaba en buscar sus propios recursos; ahora las cosas cambiaban y doña Rosa únicamente se dedicaría a su propia vivienda. "¡Te lo dije, ma, eh! ¿Te lo dije o no te lo dije? Tú ya no debes limpiar casas ajenas." "Pero me sobra tiempo, Quico. ¿Qué quieres que haga?" "Puede invertir su tiempo libre en robar todos los negocios de la colonia", pensé. Terminado el *show* del buen hijo culposo, el relato continuó. Eficaz *caballo de Troya* en el curso del conflicto, en conocimiento de las intrigas urdidas por su patrón contra el profesor

Zurrieta, doña Rosa desplegó audaces iniciativas: primero llamó a Quico y comunicó las novedades, luego y gracias a sus dotes de costurera, inventó un escondite en su falda, esperó un momento oportuno para bajar al sótano y, sin ser vista por nadie, recuperó la reliquia.

Con la dulce anciana nos miramos. Podríamos haber dicho unas palabras.

"No me vas a delatar, ¿verdad?"

"¡Cómo cree!"

"Eres un buen muchacho."

"Y usted una buena ladrona."

Ya con la carabina en su poder, mientras el abogado atendía unas visitas ("Nunca imaginé que fueran ustedes"), doña Rosa salió a la calle para poner a salvo su trofeo. Más o menos simultáneamente, dentro de la casa, Díaz confesaba su iniquidad, firmaba un papel donde reconocía los hechos y prometía no desalojar al profesor Zurrieta y olvidarse de la carabina.

Zurrieta sonrió. Cuatro miembros del jurado hicieron lo mismo. El Ratón y yo nos miramos.

—¿Y?...

—¿Qué más?...

—Nada más. Fin de la historia.

No para nosotros.

—¡Entonces... no lo van a meter preso!

Era nuestro turno y lo aprovechamos:

—¡Mucho ruido y pocas nueces, eh, profesor!

—¡Maravilloso, así se premia la injusticia!

—¡Nos jugamos el pellejo para consagrar una transa!

—Recuperamos la carabina y al profesor lo dejan en paz. Nadie sale lesionado y para nosotros es bastante. Si la tiene, Díaz se arreglará con su conciencia.

Cuatro matones y una dulce anciana nos cayeron encima, al Ratón Miguelito y a mí: los niñatos que pedían la cabeza del indigno abogado. Apenas los miembros del quinteto abrían la boca ya sabíamos qué iban a decir. "Negociación." "Términos razonables." "París bien vale una misa." "No tienen idea de las complicaciones de la justicia." "¿Para qué los queremos presos? Sólo buscamos lo nuestro." "No vale la pena molestarse." Sí, nos cayeron encima, pero las soluciones adultas no nos conformaron. Muchas mentiras en el asunto. Demasiadas artimañas y manejos turbios. "¿Usted le cree a Díaz, profesor?" "Creo en su miedo. Un escándalo lo arruinaría. Hará cualquier cosa para evitarlo." "¿De verdad, usted pensaba secuestrar a Filemón?" "No, muchacho. ¡Cómo se te ocurre! A Tulio Díaz lo apretamos con un farol. A veces no se puede ser prolijo." Recordé una situación parecida en General Viamonte. "Hemos secuestrado a Mariana. Si Zaldívar no paga… la ejecutaremos." Farfán continuó la discusión, pero alguien se quedó sin argumentos.

"A veces no se puede ser prolijo", dijo el profe. Ésa era la cuestión. Las tareas de la escuela pueden hacerse en borrador y después pasarse en limpio, pero lo hecho en la realidad, hecho está y así se queda. La prolijidad vive en la ficción y sus parecidos con la vida son pura coincidencia. Por no dejar, insistí en atar los últimos cabos sueltos:

—El coche negro es viejo, pero tiene placa nueva. ¿Cómo lo explican?

—¿No sabes que estamos en tiempo de cambio de placas?

—La primera vez que los vi, ustedes me dieron una carta para Zurrieta. Si son amigos del profesor… ¿por qué le mandaron una carta?

—Íbamos detrás de Díaz y llevábamos apuro. Te vimos con Zurrieta y se nos ocurrió dejarte el recado. Por cierto, no era una carta sino un documento de la universidad.

—¿Y qué onda con el camión de Maturana?

—¿Qué camión?

—¿Qué Maturana?

—Ah, ese camión.

—Sí, es de un transporte de maderas del barrio.

—¡Pero cómo se relaciona con la historia!

—¿Cómo que cómo se relaciona?

—¿Con qué historia?

Lo dicho.

11

Era sábado, comíamos en familia y teníamos invitados. El profesor Zurrieta vestía su ropa de siempre. Algunos vagos de la escuela lo apodaban Consumismo, porque siempre andaba con su mismo saco, con su mismo pantalón, etcétera. Marcela tenía una falda, una blusa, un suéter, jamás importaba lo que llevara puesto. Todo le quedaba bien y lo importante nunca era el envase sino el regalo de los dioses guardado entre sus ropas. Mis chances para conquistarla mejoraban y no tardarían en dar frutos. A sus padres no les impactaba nada mi modesta medianía de exiliado, menos aún se les notaba el entusiasmo por emparentar con el nieto de un español que en la conquista de América ocupó un puesto de herrero en el Ferrocarril del Oeste, pero ya no se interesaban por Filemón Díaz ni yo era novio sino amigo de su hija —eso creían los tres Covarrubias, incluida Marcela, ya tendrían tiempo de enterarse de qué color pinta el verde, tal como a mí me había tocado adorar a una diosa en tierra extraña. Por el momento, considerados los hechos del pasado inmediato, el matrimonio Covarrubias no se hallaba en condiciones de contrariar los designios de su hija. El Ciego había llegado a México y la comida también lo festejaba. Con sus tremendas gafas de telescopio, adornados sus andrajosos vaqueros con un cinturón de la Mara Salvatrucha[15] y luciendo un chaleco de piel de cocodrilo, Rafael parecía un payaso y me hizo pensar que quizá mi sueño debía interpretarse de otra manera. Los demás éramos el núcleo de la familia. Lejos de casa,

---

[15] Mafia salvadoreña. (N. del E.)

en México, estábamos de fiesta. Celebrábamos una unidad indestructible.

Asediado por tres sobrinos preguntones, un maestro interesado y una invitada encantadora y encantada, Rafael habló de cielos de árboles y noches de oscuridad total en la selva amazónica, del incontenible avance de los sandinistas en las montañas nicaragüenses, de leopardos y lagartos y nubes de mosquitos y ciudades de insectos, de flores grandes como platos y esmeraldas esquivas, de fraternidades aventureras junto al fuego, pasiones desbordadas, trabajos duros, de ir y volver y mantenerse siempre en movimiento.

Ramiro habló de Carla. Lupita era historia antigua. Y Carla, ¡verdad de Dios!, era la mexicana más guapa de la comarca. (Yo, en cambio, modestamente, era casi un héroe, y como los héroes somos magnánimos y no vamos por la vida humillando al prójimo, preferí evitar comparaciones y lo dejé exagerar.) La mamá de Carla tenía una fonda, allí servían el mejor mole, el pozole más exquisito, y unos tacos y quesadillas de locura, manjares aderezados con deliciosas salsas hechas con diversos chiles. Además, uno podía comer escuchando canciones de Pedro Infante y José Alfredo Jiménez. Vamos, que como México no había dos.

—Entonces, ¿ya te gusta México? —quise asegurarme.

—Mira, carnalito, voy a llevarte a esa fonda de aquí en ocho días, o sea el próximo sábado. ¡Vas a ver qué comida! ¡No te la vas a acabar!

Menos Marcela, Rafael y Zurrieta, que nos miraron con asombro, atacados por una risa cómplice, creciente y contagiosa, los demás festejamos con jubilosas palmadas sobre la mesa, conatos de ahogo y lágrimas en los ojos.

—¿Qué son los Amorosos Exterminadores? —preguntó la reina del Olimpo y el silencio sobrevoló la mesa, cubrió los ravioles, el estofado, la naranjada, el vino, los chiles y tortillas traídos por Ramiro de la fonda de la mamá de Carla, tapó a los seres vivos, dominó el tiempo y el espacio.

Respiré hondo, tragué saliva, quise estar en otro lado.

—Somos nosotros —dije—. El Lagarto Benavídez, el Chaparro Goitía, el Ratón Miguelito Farfán y tu seguro servilleta, el Che.

—¿Por qué se llaman así?

Última llamada. Último *round*... ¿Última sonrisa de Marcela?

—Porque somos soldados de una causa, y exterminaremos a cualquiera que amenace al amor.

Relax. Risueñas aprobaciones. La explicación apestaba, pero podía sintonizar en una frecuencia correcta.

—Es un juego —aclaré.

Sonrisas que se agrandan. Bienestar general. Estrellas en el azúcar.

¡Brillante, Che!

Era sábado. Esa misma noche redactaría mi renuncia definitiva a la logia. Así se presentaban las cosas y nadie debía interpretarlo mal. Uno está acá, en General Viamonte o en México —nunca del todo lejos de los uniformes de la muerte—, le han dado una pequeña red para cazar mariposas y las mariposas pasan en bandadas. Son de distintas formas y tamaños, pueden viajar a Europa y por todo el mundo, sus alas guardan las almas de los guerreros mayas y esconden el misterio de la vida. Como muñecos locos tiramos manotazos al aire, intentamos cazarlas todas, pero vuelan muy alto. Con frecuencia solemos vernos agotados y con las manos vacías. Al final, sin embargo, alguien se apiada de nuestros afanes y nos permite alcanzar una. No la más espectacular ni la reina de la bandada. Una pequeña y graciosa que aleteaba cerca nuestro. Una voz nos advierte: "Has dado un paso para ganártela, pero aún no es tuya. Ve con cuidado." Y en todo pasa lo mismo. Lejos de mi fauna esquinera encuentro amistosos ratones, chaparros y lagartos; se pierde el dulce de leche y se gana el mole poblano...

—¿En qué piensas, hijo? —dijo mi madre, en perfecto mexicano.

De repente, sin motivos, pensé en ellos:

—Pensaba en Los hermanos de la costa.

—...

— ¿...?

—Los piratas que andaban por el Caribe y por Campeche y Veracruz. ¿Saben que hay galeones cargados de tesoros en el fondo del mar?

—...

—Cuando quieras vamos por ellos, socio —dijo el Ciego.

Media mesa lo miró expectante y la otra mitad lo hizo con reprobación. Sí, así eran las cosas, aquí y en General Viamonte. Todo era sometido a juicio y nadie tenía asegurada una declaración de inocencia. Observé a Zurrieta, con su mismo saco, comiendo alegremente. La carabina de Zapata ya estaba en un museo. Observé a Marcela —lo hago siempre, y no había motivo para excepciones. "Mariposas —pensé—; yo debo ser la suya."

Índice

La carabina de Zapata
se terminó de imprimir en noviembre de 2004, en
EDAMSA Impresiones, S.A. de C.V., Av. Hidalgo núm. 111,
Fracc. San Nicolás Tolentino, México, 09850, D.F.
En su composición se emplearon los tipos
Times New Roman PS MT Roman, Italic;
ITC Officina Sans Book, Italic.